金色童年阅读丛书

JINSETONGNIANYUE

BIANHUANDETIANQI

变幻的天气

薛纯 编

百花文艺出版社

BAIHUA LITERATURE AND
ART PUBLISHING HOUSE

图书在版编目(CIP)数据

变幻的天气 / 薛纯编.—天津:百花文艺出版社,
2010.1

(金色童年阅读丛书)

ISBN 978-7-5306-5585-6

Ⅰ.①变… Ⅱ.①薛… Ⅲ.①天气学—青少年读物
Ⅳ.①P44-49

中国版本图书馆 CIP 数据核字(2009)第 231130 号

百花文艺出版社出版发行

地址:天津市和平区西康路 35 号

邮编:300051

e-mail:bhpubl@public.tpt.tj.cn

http://www.bhpubl.com.cn

发行部电话:(022)23332651　邮购部电话:(022)27695043

全国新华书店经销

天津新华二印刷有限公司印刷

*

开本 880×1230 毫米　1/32　印张 5.5

2010 年 2 月第 1 版　2010 年 2 月第 1 次印刷

定价:12.50 元

前言
QIAN YAN

天上的云，姿态万千，变幻无常。它们有的像羽毛，有的像鱼鳞，有的像雄狮，像奔马，像高山，像河流……它们有时把天空点缀得非常美丽，有时又把天空笼罩得异常阴森；刚刚还是白云朵朵，阳光灿烂，一瞬间又乌云密布，大雨倾盆。

天性好奇的小学生读者往往会产生这样的疑问：天空为什么会有云？为什么会下雨？风是从哪里来的？台风为啥会带来暴雨？为什么会发生干旱、洪涝等自然灾害？全球气候为什么会变暖……

凡此种种，在这本《变幻的天气》中向青少年读者朋友提供了追根究底的答案。全书从实际生活出发，讲述了风、云和水气是如何

xíng chéng bìng yǐng xiǎng tiān qì　　tái fēng　méi yǔ　léi diàn　lóng juǎn fēng
形成并影响天气；台风、梅雨、雷电、龙卷风、

gān hàn　hóng lào děng zì rán xiàn xiàng yǔ zāi hài de fā shēng yuán yīn　zhǐ
干旱、洪涝等自然现象与灾害的发生原因，指

míng le quán qiú qì hòu biàn nuǎn ér chǎn shēng de yí xì liè è guǒ　chǎn
明了全球气候变暖而产生的一系列恶果，阐

shù le rén lèi huó dòng duì qì xiàng de gǎi biàn　tí xǐng wǒ men měi yí
述了人类活动对气象的改变，提醒我们每一

gè rén zhù zhòng duì quán qiú qì hòu huán jìng de guān zhù hé bǎo hù　tiān
个人注重对全球气候环境的关注和保护，天

qì yǔ wǒ men de shēng huó shì xī xī xiāng guān de　wǒ men dōu yǒu zé
气与我们的生活是息息相关的，我们都有责

rèn hé yì wù wèi zhěng jiù dì qiú zuò chū yìng yǒu de gòng xiàn
任和义务为拯救地球做出应有的贡献。

shū zhōng yùn yòng le xǔ duō màn huà yǔ nèi róng xiāng hū yìng　zēng tiān
书中运用了许多漫画与内容相呼应，增添

le qù wèi xìng　xiāng xìn zhè zhǒng huó pō qīng sōng de xíng shì　shǐ tóng xué
了趣味性，相信这种活泼轻松的形式，使同学

men zài huò qǔ zhī shí de yuè dú zhōng yě néng dé dào shì jué de xiǎng shòu
们在获取知识的阅读中也能得到视觉的享受。

biān zhě
编者

目录

目录
Contents

Contents

>>>>>>>

目录
Contents

Contents

奇异气象

目录
Contents

rèn shi tiān qì
认识天气

shén me shì tiān qì
1 什么是天气

tiān qì　　　zhǐ de shì shùn jiān huò zài jiào duǎn de shí jiān nèi
天气，指的是瞬间或在较短的时间内，
wēn dù　jiàng shuǐ　qì yā　fēng　yún děng zōng hé de dà qì wù lǐ
温度、降水、气压、风、云等综合的大气物理
xiàn xiàng hé wù lǐ zhuàng tài　yán jiū tiān qì de xíng chéng jí qí biàn
现象和物理状态。研究天气的形成及其变
huà guī lǜ de kē xué　jiào zuò tiān qì xué
化规律的科学，叫做天气学。

qì tuán　qì yā yǔ fēng miàn
气团、气压与锋面

qì tuán shì yí gè fàn wéi hěn dà de hòu hòu de kōng qì tuán
气团是一个范围很大的厚厚的空气团，
tā fēn wéi nuǎn qì tuán hé lěng qì tuán　nuǎn qì tuán yì bān shī dù
它分为暖气团和冷气团。暖气团一般湿度
jiào dà　qì wēn jiào gāo；lěng qì tuán róng yì zào chéng bīng xuě tiān qì
较大、气温较高；冷气团容易造成冰雪天气。

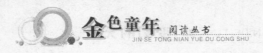
气压指空气气压,分高气压和低气压两种。高气压控制的地区,夏季晴朗、干燥;冬季寒冷、潮湿;低气压控制的地区,天气常常不稳定。

"锋面"在气象学上指的是冷暖空气交锋时的界面。当暖而轻的空气向前进时,遇到冷而重的空气的阻挠,暖空气就会主动地在冷空气斜面上滑升,这时的界面叫做暖锋面。暖空气在暖锋面上倾斜滑升,就会形成大范围深厚的云层。当冷空气向前进遇到暖空气时,就会冲到暖空气的下面迫使暖空气上升,这时的界面叫做冷锋面。暖空气被迫在冷锋面上升,也会产生浓厚的云层。

气团是联系风与天气的纽带

　　气团是联系风与天气的纽带。这是因为气团是一个巨大的空气团，在这个大空气团里，气温、湿度、天气都十分相似，变化很小。根据温度的差异，我们把它分为暖气团和冷气团两大类。冷气团来自寒冷干燥的北方大陆，一般气温低，湿度较小，容易造成冰雪天气。暖气团来自南方热带地区或海洋空气，一般湿度较大，气温较高。

3

天气与人类的关系

天气和人类所从事的各项活动都有着极为密切的关系。在很多种情况下，天气状况可以直接决定某一天甚至某一时刻，能做某一件事还是不能做某一件事，以及能否把这件事做好。古今中外的战争史上，既有许多因"天公不作美"而导致一场战争、一次战斗失败的战例，也有许多在有利天气的掩护下赢得胜利的战例。渔民也要密切注意天气的变化情况。一旦有风暴来临，就必须延迟出海时间迅速返航或到附近的岛屿躲避……

天气与人类的健康也有着十分密切的关系。一些慢性病患者对天气的变化极为敏感，身体的疼痛在天气突变时会骤然加剧；

wèi bìng guān xīn bìng nǎo yì xuè qì guǎn yán piān tóu tòng fèi bìng
胃病、冠心病、脑溢血、气管炎、偏头痛、肺病

děng zài hán liú dào lái tū rán jiàng wēn de shí hou fā bìng lǜ jí
等，在寒流到来突然降温的时候，发病率急

zēng zhòng bìng huàn zhě dōng jì sǐ wáng de rén shù gāo yú xià jì ér
增；重病患者冬季死亡的人数高于夏季，而

qiě duō fā shēng zài qì wēn hé qì yā jí sù xià jiàng de shí hou
且多发生在气温和气压急速下降的时候……

suí zhe shè huì jīng jì de fā zhǎn tiān qì hé qì hòu zài rén
随着社会经济的发展，天气和气候在人

men de shè huì jīng jì shēng huó zhōng de zhòng yào xìng yù lái yù xiǎn zhù
们的社会经济生活中的重要性愈来愈显著。

2 什么是气候
shén me shì qì hòu

气候指的是整个地球或者是某一个国家、某一个地区多年的天气特征和气象状况。例如，通过多年的实际观测和研究，我们可以把某些地区的气候归纳为温带气候、热带雨林气候、地中海气候、极地气候等等。每一种气候，都有很多区别于其他气候类型的明显特征。

地球上为什么可分为热带、温带、寒带？

　　在我们居住的地球上，由于太阳光线照射到地球表面的角度不同，因此，在不同的地区吸收到的太阳热量有明显的差别，这就产生了地区之间的气候差异。科学家们把一种气温、降水特征和自然景观相似的地带，归结为同一气候类型，而把另一种气温、降水特征和自然景观相似的地带，归结为另一气候类型，这就产生了不同的气候带。

　　通常，把地球划分为热带、温带和寒带三个气候带。由于温带和寒带在南北半球各有一个，所以地球上共有5个气候带，也就是温带分南温带和北温带；寒带分南寒带和北寒带。

我国大部分地区地处北温带，只有南方海南岛等地为热带气候。

气象、天气和气候有什么区别

气象，用通俗的话来说，它是指发生在天空里的风、云、雨、雪、霜、露、虹、晕、闪电、打雷等一切大气的物理现象。

天气，是指影响人类活动瞬间气象特点的综合状况。例如，我们可以说"今天天气很好，风和日丽，晴空万里；昨天天气很坏，刮风又下雨，阴湿异常"等等，而不能把这种天气说成是气象。

气候，是指整个地球或其中某一个地区一年或一段时期（称为时段）的气象状况的多年特点。例如，我国的南海诸岛，不只是夏季很热，春、秋季节也很热，就是在冬季

也无严寒，而且不是一年如此，多年来都是
这样。因此，我们就可以称它是属于"四季
暖热的热带气候"。

现在，你可以了解气象、天气和气候的
区别了吧！它们虽然含义各不相同，但是，
又是互有联系、密切相关的。

常见的天气

天气现象

天气现象是指地球上的空气不断变化的情况。它可能是平静的、变幻的、炎热的、寒冷的、湿润的或干燥的。它的形态多种多样，有些能相互转化。而我们日常生活中最容易观察到的天气现象有风、雨、雷、电、雾、雪、霜等。

天气变化的原因

天气发生变化的原因有很多，温度、湿

度、气压、风、云等方面的具体状况决定天气变化。不过，天气变化中最重要的作用因素还是空气中水的变化情况，没有水，就没有雨、雪、霜、雾等天气。因此说水是天气舞台的主角。

1 风

风的形成

　　我们周围的空气在不断的运动，空气的流动就叫风。空气流动得较慢，就形成微风，空气流动得很快时，就会形成强风。无论是微风或强风，它们的形成过程都是一样的。由于阳光的照射，使得陆地和海洋某些地区上空的空气受热，热空气上升，四周的冷空气流过来进行补充，这便形成了风。

　　对于大范围的空气来说，它的运动有上下左右的区别。气象学上把空气的上下运动叫做垂直运动，也叫做对流，而空气的水平运动才是风。

空气的水平方向流动，是各地的气温和气压分布不均匀造成的。空气流动的规律，是从气压高的地方流向气压低的地方，高气压和低气压之间的气压差越大，空气流动的速度越快，风也就刮得越大。

人们认识风，必须知道风向和风速。习惯上把风的来向定为风向。如西北风，是指从西北方向吹来的风；东南风即为东南方向吹来的风。风速是指单位时间内空气流动的距离。风速和风级的对应关系可用下表表示。

尽管风级划分为12组，但自然界

人们认识风，必须知道风向和风速。

de shí jì fēng sù yǒu de hái yào dà de duō   rú lóng juǎn fēng de
的实际风速有的还要大得多，如龙卷风的

fēng sù shèn zhì dá dào měi miǎo   mǐ yǐ shàng
风速甚至达到每秒200米以上。

fēng jí   fēng sù duì zhào biǎo
风级、风速对照表

风级	名称	风速（米/秒）
0	无风	0—0.2
1	软风	0.3—1.5
2	轻风	1.6—3.3
3	微风	3.4—5.4
4	和风	5.5—7.9
5	清风	8.0—10.7
6	强风	10.8—13.8
7	疾风	13.9—17.1
8	大风	17.2—20.7
9	烈风	20.8—24.4
10	狂风	24.5—28.4
11	暴风	28.5—32.6
12	飓风	32.7—36.9

fēng shì tiān qì biàn huà de zhǔ yào yīn sù   dì qiú shang chú le
风是天气变化的主要因素，地球上除了

cháng nián bú biàn de xìn fēng hé suí jì jié biàn huà de jì fēng wài
常年不变的信风和随季节变化的季风外，

还有台风、龙卷风、尘卷风、海陆风、山谷风、布拉风、干热风等形形色色的风。

风对人类既有利也有弊。一年一度的季风给我国大部分地区带来大量的雨水。风是一种取之不尽、用之不竭的无污染的能源。但大风、台风、龙卷风、干热风等风也会给人民生命财产和农业生产带来巨大的威胁。

各种各样的风

什么是尘卷风？

在春夏季节，我国北方一些地区，常常出现一股猛烈旋转的风。旋风将地面上的沙子、尘土、杂草、纸屑挟卷而上，直入高

空，犹如擎天尘柱。它突然出现，又突然消失，人们给它起了一个神秘的名字——"鬼风"。其实它是一种常见的天气现象，气象学上称为尘卷风。

信 风

四百多年前，当航海探险家麦哲仑带领的船队第一次越过南半球的西风带向太平洋驶去的时候，发现一个奇怪的现象：在长达几个月的航程中，大海显得非常顺从人意。开始，海面上一直徐徐吹着东南风，把船一直推向西行。后来，东南风渐渐减弱，大海变得非常平静。最后，船队顺利地到达亚洲的菲律宾群岛。原来，这是信风帮了他们的大忙。

我们知道，风是从高压地带吹向低压地

带的。信风是在接近地面从纬度30°的副热带高压吹向赤道低压区的一种风。这种风在固定的地区定时出现，而且风向不变，非常守信用，所以人们给它起名信风。由于地球自转所形成的地转偏向力在北半球总使空气运动向右偏，在南半球向左偏，因此，南北半球信风的风向很不一致。在北半球，风从东北刮向西南，称"东北信风"；在南半球，风从东南向西北刮，称"东南信风"。麦哲仑船队在通过太平洋时正是遇到"东南信风带"，然后进入"赤道无风带"，最后到达终点。

在古代，全靠风帆来航行，因此，信风这种定期定向的独特风就成了国际商船远航的主要动力。由于信风对早期的国际贸易作出了杰出的贡献，因此，人们又叫它"贸易风"。

海陆风与山谷风

白天陆地上增温迅速，海水增温缓慢，这就使近地面的空气受热上升，气压降低；近海面的空气遇冷下沉，气压升高。陆地上近地面空气受热上升到一定程度后，从上空流向海洋；在海洋上空遇冷下沉，到达海面后，转而流向陆地。这种在下层从海洋流向陆地，方向差不多垂直海岸的风，就是海风。

到了夜晚，陆地降温冷却很快，近地面的大气受冷下沉，气压升高；而海水降温十分缓慢，与陆地相比要温暖得多，近海面的空气遇热上升，气压相对降低，形成了在下层的空气从陆地流向海洋，方向大致与海洋垂直的气流，便是陆风。

一般海风比陆风强。温度的日变化较大，以及昼夜海陆温度差较大的地区，海陆风最显著。所以在气温日变化比较大的热带地区，全年都可以看到海陆风；中纬度地区海陆风较弱，而且大多在夏季才出现；高纬度地区，只有夏季无云的日子里，才可以偶尔见到极弱的海陆风。我国沿海的台湾省和青岛等地，下半年的海陆风尤为明显。

山谷风形成的原理同海陆风类似。白天，山坡接受太阳光热较多，空气增温较多；而山谷上空，增温较少。于是山坡上的暖空气不断上升，并从山坡上空流向谷地上空，谷底的空气则沿山坡向山顶补充，这样便在山坡与山谷之间形成一个热力环流。下层空气由谷底吹向山坡，称为谷风。到了夜间，山坡上的空气受山坡辐射冷却影响，空

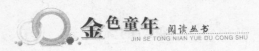

气降温较多；而山谷上空，同高度的空气因离地面较远，降温较少。于是山坡上的冷空气因密度大，顺山坡流入谷底，谷底的空气因汇合而上升，流向山顶上空，形成与白天相反的热力环流。下层风由山坡吹向谷地，叫山风。

季 风

现代人对季风是这样认为的：①季风是大范围地区的盛行风向随季节改变的现象，这里强调"大范围"是因为小范围风向受地形影响很大；②随着风向变换，控制气团的性质也产生转变，例如，冬季风来时感到空气寒冷干燥，夏季风来时空气温暖潮湿；③随着盛行风向的变换，将带来明显的天气气候变化。

季风形成的原因，主要是海陆间热力环流的季节变化。夏季大陆增热比海洋剧烈，气压随高度变化慢于海洋上空，所以到一定高度，就产生了从大陆指向海洋的水平气压梯度，空气由大陆指向海洋，海洋上形成高压，大陆形成低压，空气从海洋流向大陆，形成了与高空方向相反的气流，构成了夏季的季风环流。在我国为东南季风和西南季风。夏季风特别温暖而湿润。冬季情况相反。（气压梯度是指单位距离内气压减少的数值。）

干热风

初夏时节，我国有些地区经常出现一种高温、低湿的风，一般持续时间在三天左右，有的地区称为"热风"，有的叫"火风"、"干旱风"等，气象上一般把温度高于或等于25℃、相对湿度低于或等于30%、风速大于或等于每秒45米的综合现象称为干热风。

干热风因各地的自然条件不同，其成因各不相同。每年初夏，我国西北内陆地区气候炎热，降水稀少，增温强烈，气压迅速降低，在蒙古和我国河套以西与新疆、甘肃一带常形成一个势力强大的大陆热低压。在这个热低压的周围，气压

干热风因各地的自然条件不同，其成因各不相同。

梯度随着气团温度的增加而加大，于是干热的气流就围着热低压旋转起来，形成一股又干又热的风，这就是干热风。

2 云

云是怎样形成的？

天空的云有高有低，高的有一万多米，低的只有几十米。

形成云的原因很多，主要是由于潮湿空气上升。在上升的过程中，因外界气压随高度降低，而它的体积逐渐膨胀，在膨胀过程中要消耗自己的热量。这样，空气就边上升，边降温。我们知道空气含水汽的能力是有一定限度的，在一定的气温下，与单位体积空气的最大限度含水量所相应的水汽压，称为饱和水汽压。饱和水汽压是随气温的降低而减小的。所以上升空气的气温降低了，它的饱和水汽压也就不断地减小，当上升空气的饱和水汽压降到实有的水汽压之下时，就会有一部分水汽以空中烟粒微尘为核（称为凝结核）而凝结成为小水滴（当温度低于0℃时，可形成小冰晶）。这些小水滴的体积非常小，它们在云体中称为云滴，它们的平均半径只有几个微米，但浓度却很大，在空气中下降的速度极小，能被空气中的上升气流所顶托，因此能够悬浮在空中成为浮云。

为什么天空中的云有各种不同的颜色?

你一定见过天上有各种不同颜色的云，有的洁白如絮，有的是乌黑的一块，有的是灰蒙蒙一片，有的发出红色和紫色的光彩。这不同颜色的云究竟是怎么形成的呢?

我们所见到的各种云的厚薄相差很大，厚的可达七八千米，薄的只有几十米。有满布天空的层状云，孤立的积状云，以及波状云等许多种。

很厚的层状云，或者积状云，太阳和月亮的光线很难射进来，看上去云体就很黑；稍微薄一点的层状云和波状云，看起来是灰色；很薄的云，光线容易透过，特别是由冰晶组成的薄云，云丝在阳光下显得特别明亮，天空即使有这种层状云，地面物体在太阳和月光下仍会有影子。

有的云薄得几乎看不出来，但只要发现日月附近有一个或几个大光环，仍可以断定是有云，这样的云叫"薄幕卷层云"。孤立的积状云，因为云层比较厚，面对太阳的一面，光线几乎全部反射出来，因而看起来是白色的；而背对太阳的一面以及它的底部，光线就不容易透过，看起来比较灰黑。

当日出和日没的时候，由于太阳光线是斜射过来的，穿过很厚的大气层，空气的分子、水汽和杂质，使得光线的短波部分大量散射，而红、橙色的长波部分，却散射得不多，因而照射到大气下层时，长波光特别是红光占着绝对的多数，这时不仅日出、日没方向的天空是红色的，就连被它照亮的云层底部和边缘也变成红色了。

由于云体的组成有的是水滴，有的是冰晶，有的是两者混杂在一起的，因而日月光线通过时，还会造成各种美丽的光环或虹彩。

怎样划分阴晴

云量表示目力估计云遮蔽天空的成数，即将天空划分为10成，云遮蔽天空的成数就是云量。因为是目测，所以不十分准确，但是也没有更好的方法，所以全世界的气象站至今还是用这种目测方法估计云量。

天气预报中的晴、少云、多云和阴，是根据云量的多少划分的。天空无云，或者虽有

云量表示目力估计云遮蔽天空的成数，即将天空划分为10成，云遮蔽天空的成数就是云量。

零星云层，但云量不到2成时称为晴；低云量在8成以上称为阴；中、低云的云量为1成，高云的云量为4成时，称为少云；中、低云的云量为4成，高云的云量为6—10成时，称为多云。这样就提供了一个判断天气的数量标准，和过去的习惯稍有不同。例如，习惯上以雨停而云散，或有云仍见太阳光为晴；以天空云层密布，罕见阳光，或天色阴暗时为阴。

千变万化的云

如果你注意的话，一定会发现天空中飘浮着的云彩是千姿百态的。由于它们形成的原因不一样，大体上可分为三类：第一类是积状云，我们在天空中见到的像棉花和山峰一样的云层便是这样的云；第二类是层状云,这类云如同大网一样覆盖面很广,绵延几百甚至上千千米;第三类是波状云。这些云是由于空气的波动造成的,样子就像鱼鳞和屋顶的瓦片一样。

看云识天气

日常生活中,我们可以通过观察云来识别天气。

在夏天,早晨见到浓积云,说明大气状况已很不稳定,很可能在正午或午后发展成积雨云,形成降雨。相反,在傍晚出现层积云,说明积状云在消散,大气稳定;到了夜晚,层积云完全消散,说明将会连续出现晴天。

在锋面移来时,各种云将按一定顺序出现,根据云的顺序先后,就可判断锋的性质

和未来天气，暖锋云系的顺序是：卷云→卷层云→高层云→雨层云。看见卷云、卷层云相继出现，就预示暖锋移来，将会有雨。"鱼鳞天，不雨也风颠"，就是指这种情况。如果云的顺序是：雨层云→高层云→卷层云→卷云，说明有冷锋移过，晴天将来临。

另外，高积云或透光层积云的出现，表明近日晴朗无雨，"瓦块云，晒死人"，"天上鲤鱼斑，晒谷不用翻"，就是指这种情况。

3 雷电

雷电是怎样产生的?

雷电是一种常见的大气放电的现象。在夏季闷热的午后及傍晚，地面的热空气携带着大量的水气不断上升到天空，形成大块大块的积雨云。积雨云的不同部位聚集着正负两种电荷，形成雷雨云，而地面因受到近地面雷雨云的电荷感应，也会带上与云底相反符号的电荷。当云层里的电荷越积越多，达到一定强度时，就会把空气击穿，打开一条狭窄的通道强行放电。当云层放电时，由于云层中的电流很强，通道上的空气瞬间被烧得灼热，温度高达

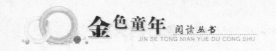

6000—20000℃。所以发出耀眼的强光，这就是闪电，而闪道上的高温会使空气急剧膨胀，同时也会使水滴汽化膨胀，从而产生冲击波，这种强烈的冲击波活动形成了雷电。

为什么有时干打雷不下雨？

在闷热的夏日，天边忽然耸起了比山还高的雷雨云块，不一会儿雷声隆隆，有时雷声很大，响个不停，可是等了很久，雷雨云移过天顶，往往只掉下几滴小雨。还有些时候，只听到雷声响，连一滴小雨也没有，人们称它为"干打雷不下雨"。

其实道理很简单。一般来说，云层越厚雨量就越大，而在云的边缘会没雨或者少雨。另外，声音的传播范围很大，这样如果

yún chǔ zài biān yuán de wèi zhì　wǒ men jiù huì fā xiàn　gān dǎ léi
云处在边缘的位置，我们就会发现"干打雷
bú xià yǔ　de xiàn xiàng le
不下雨"的现象了。

4 雨

雨是怎样形成的？

天上有云才能下雨，但不是所有的云都会变成雨。据研究，一个细小云滴的体积大约要增大100万倍，才能成为一颗普通大小的雨滴降落下来。

一个云滴要长大成为能降落到地面的雨滴或雪花，必须经历两个过程：一是凝结和凝华增大过程；二是云滴的碰并增大过程。

在开始形成雨滴的时候，云滴主要依靠不断吸收云体四周的水汽来使自己凝结或凝华。如果云体内的水汽能源源不断得到供应和补充，使云滴表面经常处于过饱和状态，那么，这种凝结过程将会继续下去，使云滴不断增大，成为雨滴。但有时云内的水汽含量有限，在同一块云里，水汽往往供不应求，这样就不可能使每个云滴都增大为较大的雨滴。有些较小的云滴只好归并到较大的云滴中去。

如果云内有水滴和冰晶的情况，那么，这种凝结或凝华增大过程将大大加快。当云中的云滴增大到一定程度时，由于大云滴的体积和重量不断增加，它们在下降过程中不仅能赶上那些速度较慢的小云滴，而且还会"吞并"更多的小云滴而使自己壮大起来。当大云滴越来越大，最后大到空气再也托不住它时，便从云中直落到地面，成为我们常见的雨水。

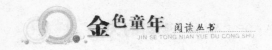
四种不同成因的雨

对流雨

大气对流运动引起的降水现象，习惯上也称为对流雨。近地面层空气受热或高层空气强烈降温，促使低层空气上升，水汽冷却凝结，就会形成对流雨。对流雨一般在积状云中产生。对流雨来临前常有大风，并伴有闪电和雷声，有时还下冰雹。

对流雨主要产生在积状云中，积状云常发展成强对流天气，产生大暴雨，雷击事件、大风拔木、暴雨成灾常发生在这种雷暴雨中。

对流雨以低纬度最多，降水时间一般在午后，特别是在赤道地区，降水时间非常准确。早晨天空晴朗，随着太阳升起，天空积云逐渐形成并很快发展，越积越厚。到了午后，积雨云汹涌澎湃，天气闷热难熬，大风掠过，雷电交加，暴雨倾盆而下。降水延续到黄昏时停止，雨过天晴，天气稍觉凉爽。但是第二天，又重复有雷阵雨出现。印度尼西亚的茂物，一年中雷雨达320天。在中高纬度，对流雨主要出现在夏季半年，冬半年极为少见。

地形雨

气流沿山坡被迫抬升引起的降水现象，称地形雨。地形雨常发生在迎风坡。在暖湿气流过山时，如果大气处于不稳定状态，也可以产生对流，形成积状云；如果气流过山时的上升运动，同山坡前的热力对流结

37

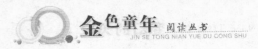
合在一起，积云就会发展成积雨云，形成对流性降水。

在锋面移动过程中，如果其前进方向有山脉阻拦，锋面移动速度就会减慢，降水区域扩大，降水强度增强，降水时间延长，形成连阴雨天气，可持续10~15天以上。

在世界上，最多雨的地方，常常发生在山地的迎风坡，称为雨坡；背风坡降水量很少，称为干坡或"雨影"地区。

我国台湾山脉的北、东、南都迎风，降水都比较多，年降雨量2000毫米以上，台北火烧寮达8408毫米，成为我国降水量最多的地方。一到西侧，降水量就减少到1000毫米左右。成为世界年降雨量最多的地方。

世界上降水最多的地方是印度的乞拉朋齐和夏威夷的考爱岛，其多雨的原因都

shì wèi yú yíng fēng de yǔ pō
是位于迎风的"雨坡"。

锋面雨
fēng miàn yǔ

fēng miàn huó dòng shí nuǎn shī kōng qì zài shàng shēng zhōng lěng què
锋面活动时，暖湿空气在上升中冷却
níng jié ér yǐn qǐ de jiàng shuǐ xiàn xiàng chēng fēng miàn yǔ fēng miàn
凝结而引起的降水现象，称锋面雨。锋面
cháng yǔ qì xuán xiāng bàn ér shēng suǒ yǐ yòu bǎ fēng miàn yǔ chēng wéi
常与气旋相伴而生，所以又把锋面雨称为
qì xuán yǔ
气旋雨。

fēng miàn jiàng shuǐ de tè diǎn shì shuǐ píng fàn wéi dà cháng cháng
锋面降水的特点是：水平范围大，常常
xíng chéng yán fēng miàn chǎn shēng dà fàn wéi de chéng dài zhuàng fēn bù de jiàng
形成沿锋面产生大范围的呈带状分布的降
shuǐ qū yù chēng wéi jiàng shuǐ dài suí zhe fēng miàn píng jūn wèi zhì de
水区域，称为降水带。随着锋面平均位置的
jì jié yí dòng jiàng shuǐ dài de wèi zhì yě yí dòng lì rú wǒ
季节移动，降水带的位置也移动。例如，我
guó cóng dōng jì dào xià jì jiàng shuǐ dài de wèi zhì zhú jiàn xiàng běi yí
国从冬季到夏季，降水带的位置逐渐向北移
dòng yuè fèn zài huá nán yuè shàng xún dào nán lǐng wǔ yí
动，5月份在华南，6月上旬到南岭——武夷
shān yí xiàn yuè xià xún dào cháng jiāng yí xiàn yuè dào huái hé
山一线，6月下旬到长江一线，7月到淮河，8
yuè dào huá běi cóng xià jì dào dōng jì zé xiàng nán yí dòng zài
月到华北。从夏季到冬季，则向南移动，在
yuè xià xún cóng dōng běi huá běi kāi shǐ xiàng nán chè yuè jí kě
8月下旬从东北、华北开始向南撤，9月即可

到华南沿海，所以南撤比北进快得多。

锋面降水的另一个特点是持续时间长，因为层状云上升速度慢，含水量和降水强度都比较小。有些纯粹的水成云很少发生降水，即便有降水发生也是毛毛雨。但是，锋面降水持续时间长，短则几天，长则10天半个月以上，有时长达1个月以上。

台风雨

台风活动带来的降水现象，称为台风雨。台风不但带来大风，而且相伴发生降水。

台风区内水汽充足，上升运动强烈，降水量常常很大，台风到来，日降水量平均在800毫米以上，强度很大，多属阵性。台风登陆常常产生暴雨，少则200~300毫米，多则在1000毫米以上。

台风登陆后，若维持时间较长，或由于地形作用，或与冷空气结合，都能产生大暴雨。我国东南沿海，是台风登陆的主要地区，台风雨所占比重相当大。

锋面降水的特点是：水平范围大，常常形成沿锋面产生大范围的呈带状分布的降水区域，称为降水带。

小·雨、中雨、大雨和暴雨

降水量是在假定没有渗漏、蒸发和流失等情况下，一定时间内落到地面的全部降水所累积的水层深度，以毫米为单位，降水量有时也称为雨量。单位时间内的降水量称为降水强度，常以10分钟、1小时或24小时（1日）作为时间单位。我国按降水强度，将降水情况分为小雨、中雨、大雨和暴雨4级。

降水的分级

雨　级	1 小时雨量(毫米)	24 小时雨量(毫米)
小雨	≤2.5	< 10.0
中雨	2.6~8.0	10.0~24.9
大雨	8.1~15.0	25.0~49.9
暴雨	≥16.0	≥50.0

暴雨是一种急剧而雨量很大的降水现

象。我国气象部门规定：暴雨的分级按日降水量来定义。

暴雨分级

雨　级	24 小时降水量(毫米)
暴雨	≥50
大暴雨	≥100
特大暴雨	≥200

各地区降水强度，出现次数，及其对生产影响程度并不完全相同，各地又规定很多地方标准。

在北方降雪地区，通常把雨量器承受到的降雪融成水以后，再测量其降水量。所以，不论是雨是雪，都是测定其降水量的标准。

春雨多在夜间

到了春天，常会有这样的天气现象：白天天气晴朗，可是到了夜间，却渐渐沥沥下起了雨。杜甫的"随风潜入夜"和"当春乃发生"，说的就是这种现象。

春天之所以常在夜间降雨，是由我国所处的季风气候区域决定的。冬天，气流从大陆吹向海洋；夏天，气流又从海洋吹向大陆。冬去春来，北方冷空气势力逐渐减弱，向北转移；西太平洋一带的暖湿空气不断活跃、增强北上，同时将海洋上空的水汽源源不断地带到我国大陆上空，云越来越多。白天，由于太阳照射强烈，云中的水汽被大量蒸发，云层变薄甚至消失，成为万里晴空。

到夜晚，由于没有了太阳光的照射，云中的水汽便大量聚在一起，云层越聚越厚。而云层上面温度降低，下面由于云本身的阻挡，地面的热散发很少，这就形成了上冷下暖，引起空气对流，最后就凝结成雨，降落到了地面。所以，春天的时候，经常会在夜间降雨。

春天的时候，经常会在夜间降雨。

为什么"清明时节雨纷纷"？

每年4月5日（或6日）是清明节。这时春回大地，百花争艳，万紫千红，满园春色。可是，就在这个时候，江南一带却经常出现阴雨绵绵的天气，真是有点美中不足。所以古人说："清明时节雨纷纷。"

为什么清明时节会阴雨连绵呢？

其一，因为冬去春来的时候冷空气势力

逐渐减弱，海洋上的暖湿空气开始活跃北上。清明节前后，冷暖空气经常在江南地区交汇，从而形成阴雨绵绵的天气。

其二，江南的春天，低气压非常多，低气压里的云走得快，风很大，雨很急。每当低气压经过一次，就会出现阴沉多雨的天气。

其三，清明节前后，江南一带大气层水汽比较多，这种水汽到晚上就容易凝结成毛毛雨。

由于这些原因，因此清明节时下雨天气特别多。

梅雨（黄梅天）

每到六七月间，梅子成熟的时候，我国江淮流域常常出现阴雨绵绵的天气，湿度很大，许多东西发霉变质，很难见到连续的

大晴天，这个时期就叫做黄梅天。

这是什么道理呢？

原来每年六七月间的时候，南方的暖湿空气已经很强大了，它常常向北伸展到长江流域和长江以北的地区。但在这个时期，北方的冷空气仍旧有很大的力量，它还不愿意退出这个地区。于是冷暖两种空气就这样交汇在江淮流域一带。

因为暖空气比冷空气轻，它沿着冷空气的方向向北升了上去，暖空气带来的大量水汽在滑升中凝结成云，并且形成了一个长条形的雨带，但这个雨带比较狭小，一般只有200～300千米宽。

南方的暖空气和北方的冷空气，在黄梅天这段时间里，它们往往一会儿这个强些，一会儿那个强些。如果北方冷空气加强了一些，它就把雨带向南压，南边就下雨了；如果暖空气力量大了些，它就推着雨带向北移，北边就下雨了。因此，雨带一直在江淮流域南北摆动，使这一带天气潮湿多雨。

由于天气越来越热，南方暖空气愈来愈强，而北方冷空气愈来愈退缩，这时江淮流域时晴、时雨的梅雨天也就结束了，开始进入炎热的盛夏。

什么是雷阵雨？

雷阵雨是对流雨的一种，主要产生在积雨云中，积雨云内冰晶和水滴共存，云的垂直厚度和水汽含量特别大，气流升降都十分强烈，在每秒20—30米之间。由于云中带有电荷，所以积雨云常发展成强对流天气，

产生大暴雨，并伴随着闪电雷鸣。

为什么雷雨竟会隔条街？

夏雨阵阵，电闪雷鸣。有时，可以看到"东边日头西边雨，道是无晴却又晴"的现象。城市里，更会出现同一条马路半干半湿、又晴又雨的奇怪天气，令人煞是费解。

为什么会出现这种现象呢？这是因为雷阵雨是由对流云形成的，对流云往往厚度大，范围小，所以雷阵雨的范围也就比较狭小。刚开始下雨时，如碰巧站在乌云的边缘之下，就有可能遇到马路的一边被雨水打湿，而另一边却很干燥的怪事。

魔鬼谷为什么多雷雨？

在青海省西部昆仑山脉与新疆阿尔金山脉交界的山区，有一个神秘的魔鬼山谷。它东起青海茫崖的布伦台，西止疆若羌的沙山，长约百余千米，宽约20千米，谷地海拔约3200米。

这个狭长的谷地受到高空西风气流的影响，当气流前进至此，遇到山地的阻挡，便沿着山坡上升，气温不断下降，气流携带的水汽冷却凝结，形成降水。谷地气候湿润，加上冰川遍布，湖泊沼泽众多，林木茂密，牧草葱绿，成为理想的高山牧场。但是，这里的高山天气多变。天气晴朗时，风和日丽，春意盎然；天气骤变时，乌云密布，雷

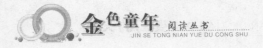
电交加，刹那间，原本妩媚的山谷，变成了恐怖的地狱，满山遍野留下了无数遭雷击的焦木残树和牛羊的尸体，因而被我们称为"魔鬼谷"。

我国地质科学工作者经过地质勘查，初步揭开了魔鬼谷神秘的面纱。原来魔鬼谷是个雷击区。这里的地层主要由强磁性玄武岩体构成，还有几十个铁矿脉及石英闪长岩体。这些岩体和铁矿带的电磁效应，引来了雷电云层中的电荷，因而产生了空中放电，形成了炸雷。雷电一旦触到地面凸出的物体，就会产生尖端放电的现象，因而牧场上的人与羊群就成了雷电轰击的目标，这就是魔鬼谷的神秘所在。

雷雨之后空气特别新鲜

雨后，你漫步在街头或田野，会感到空气格外新鲜。这有两个原因：一是倾盆大雨给空气洗了个"淋浴"，把空气中的那些流浪汉——灰尘，大部分都冲掉了；另一个原因是在闪电时，发生一场化学变化——空气中的一部分氧气，变成了臭氧。臭氧是

淡蓝色的，很臭，具有很强的氧化能力。臭氧有漂白与杀菌作用，稀薄的臭氧一点也不臭，反而会给人以清新的感觉。雷雨后，空气中就弥漫着少量的臭氧，因此，它能净化空气，使空气新鲜。

森林地区雨水多

雨，是空气中的水汽冷却凝结之后落下来的。水汽的多少，是降水多少的决定条件。森林地区之所以那么多雨，首先由于森林地区的水汽较多。

植物具有了强大的蒸腾作用。它们在生长发育中，利用根系不停地吸收地下的水分，经过了生理作用，又将水分不停地通过枝叶散发到了天空。有人曾经计算过，林木在长大发粗的过程之中，形成了一份重量的干物质，一般大概需蒸腾300~400份重量的水，1亩山毛榉林，一个生长季节就蒸腾186000公斤水，1年需要蒸腾383000公斤水。这么强大的蒸腾作用，就好像是抽水机一般，把水从地下抽了上来，再喷射到空中去。就这样，大大地增加了林区上空的水汽。

　　森林地区的土壤渗水性与植被保水性也非常强，为森林植物蒸腾创造了极有利的条件。林区降雨时，雨水首先经过林冠后再落到了地面上，因此大部分的水可能逐渐地渗入土中。林地因为太阳直射少，温度变化很缓和，融雪时间要比无林区长，雪水也可以慢慢地渗入到土中。林地上的植被，例如枯枝落叶与草丛等，吸水力都非

常强。这样，林地能够储蓄大量的水分，源源不断地供给森林植物蒸腾所需。

除此之外，林区降雨，一部分的雨水，被林冠阻截了，停留在枝叶上，就可以直接蒸发到空中去，增加了森林上空的水汽。

科学家的研究资料显示:15亩阔叶林的面积里，在温带一个夏季是蒸发最为旺盛的时期，蒸发的水分要比同等面积的无林区要多20倍。

再次，森林地带和森林外边的无林地带，夏季在太阳光的强烈照射下，受热后增温的程度不同，容易发生局部的对流，而使空气上升，这也是成云致雨的一个条件。

此外，因为森林要比平地高，森林则又是空气流动的障碍，平流的空气向森林区移动的时候，受到了起伏不平的林冠的阻碍，这就会在动力作用下被迫上升了，这使得森林上空的空气垂直交换运动加强，林冠表面的湿空气就迅速上升，在上升过程中由于气温降低，使湿空气中的水汽大量地凝结起来，成云致雨。

正由于上面所述的原因，所以森林地区的降雨较多。

城市的降雨量比郊区多

如果看一下世界各大城市与附近郊区降雨量的统计数据，就会发现城市的降雨量比郊区多。例如，1969年8月5日，上海市区下了一场暴雨，降雨量为204毫米。而在同一天，上海附近的郊区却只下了场毛毛雨，降雨量只有25毫米。奇怪，为什么同一

dì qū chéng shì de jiàng yǔ liàng bǐ jiāo qū duō ne
地区城市的降雨量比郊区多呢?

chéng shì de jiàng yǔ liàng bǐ jiāo qū duō zhǔ yào yǒu liǎng gè yuán yīn
城市的降雨量比郊区多主要有两个原因:

yī shì chéng shì de gāo lóu dà shà lín cì zhì bǐ shǐ cóng jiāo
一是城市的高楼大厦鳞次栉比,使从郊

qū chuī jìn chéng shì li de cháo shī kōng qì shòu dào zǔ ài chǎnshēng
区吹进城市里的潮湿空气受到阻碍,产生

shàngshēng yùn dòng zài gāo kōng biànchéng yǔ jiàng dào chéng shì li jié guǒ
上升运动,在高空变成雨降到城市里,结果

chéng shì li dà yǔ pāng tuó jiāo qū què xì yǔ mián mián èr shì
城市里大雨滂沱,郊区却细雨绵绵。二是

yóu yú cháo shī de kōng qì bì xū zài kōng qì de chén āi shangníng jié
由于潮湿的空气必须在空气的尘埃上凝结

chéngxiǎo shuǐ dī cái néng biànchéng yǔ ér chéng shì li de yān chén yuǎn
成小水滴才能变成雨,而城市里的烟尘远

bǐ jiāo qū duō de duō cóng ér zēng jiā le chéng shì de jiàng yǔ liàng
比郊区多得多,从而增加了城市的降雨量。

山区雨量比平原多

一个地方雨量的多少，是由许多因素决定的。一般来说，温度高、湿度大的地区，由于空气中所含的水汽丰富，因此雨量也较多。

但是，在水汽条件差不多的情况下，山区雨量却比平原多得多。

因为雨量多少除了与空气中含水量有关以外，还要看空气上升运动的强弱。雨是从云中掉落下来的，如果没有上升的空气把水汽运送到天空，就谈不上凝云致雨。上升运动愈强，水汽凝结既快又多，降落下来的雨量也就愈丰富。而山区的地形给空气上升运动创造了有利条件。一方面山区地面在阳光的照射下，温度升高比平原快，容易产生较强的对流上升运动；另一方面，暖湿空气在吹送中遇到山坡，还会被迫抬升到空中，引起强烈的对流运动，特别是在迎风的山坡地区，那里空气上升运动更为强盛，雨量也就比背风坡更丰富。这就是山区雨量比平原多的主要原因。

台湾岛上的雨量差别很大

台湾省位于我国东南沿海，面积3.6万平方千米，四面环海，是我国第一大岛。

这个被大海包围的岛屿，全岛雨量分布应该十分均匀，但事实并非如此。台湾东北部地区，年平均降雨量超过5000毫米，而西部平原地区年平均降雨量却只有1000毫米。两个地区的雨量相差4000毫米，这种现象是罕见的。

为什么台湾岛上的雨量差别如此之大呢？这先要从冬季到早春的气候说起。从12月到第二年3月，我国大陆全部在西北季风控制之下，晴朗少雨，而台湾岛十分特殊，盛吹东北季风，这股东北气流来自东北太平洋，水汽含量十分丰富。

当这股东北气流向台湾东北部流动，受到丘陵和高山阻挡，使它产生强烈的上升运动，凝结成云雨。这样，台湾东北部的丘陵区和高山区的东北坡便有大量的雨水降落，成了我国著名的"冬雨区"。同时，台湾西部平原，却成了全岛雨水最少的"少雨区"。另外，位于台湾海峡的澎湖列岛，是全国最大的强风区，当强劲的东北季风越

guò dǎo yǔ shí　　yóu yú méi yǒu gāo dà shān mài zǔ dǎng zhù cháo shī
过岛屿时，由于没有高大山脉阻挡住潮湿

qì liú　　yīn cǐ dōng yǔ yě hěn shǎo
气流，因此冬雨也很少。

　　　yóu cǐ kě zhī　　zhèng shì tái wān dǎo yǔ zhòng bù tóng de dì xíng
　　由此可知，正是台湾岛与众不同的地形

hé dì lǐ wèi zhì　　yǐ jí dú tè de dà qì huán liú　　cái zào chéng
和地理位置，以及独特的大气环流，才造成

tái wān dǎo shang de yǔ liàng chā bié rú cǐ xuán shū
台湾岛上的雨量差别如此悬殊。

四川盆地多夜雨

四川盆地多夜雨，所以有"巴山夜雨"的谚语。根据气象观测统计，四川盆地里的北碚（在重庆北面），平均一年中夜雨占全年降雨次数的61%。我国其他地区，夜雨率没有四川盆地那样大，像南京，一年中夜雨平均只占38%，湖南衡阳一年中夜雨只占36%。

四川盆地多夜雨的原因，主要是由于盆地内空气潮湿，天空多云。云层遮挡部分太阳辐射，白天云下气温不易升高，对流不易发展。夜间云层能够吸收来自地面辐射的热量，再以回辐射的方式，把热量输送给地面，因此云层对地面有保暖作用，使夜间云下气温不致过低。可是云层本身善于辐

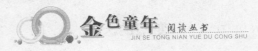
射散热，其上层由于辐射散热，温度降低很快，这就形成上冷下暖，上重下轻的显著温差。于是上下空气就发生对流翻腾，使云层发展，出现降雨现象。

四川盆地的夜雨，在冷暖空气交锋频繁的春季最多，如北碚，春季的夜雨率比夏季高23%。

值得高兴的是四川盆地多夜雨，不仅不影响农民白天在田野工作，反而对农业生产创造一个有利的条件。

彩色的雨

雨，一般是无色透明的。

世界上下过各种各样的雨。1763年，我国小兴安岭五营岭区下过一场黄雨，雨滴闪闪发黄，地面和屋顶全成了黄色。

1959年春天，白俄罗斯恰乌斯基区下过一阵黄雨。几小时后，黄雨停了，水中出现一层黄色的粉末。1962年春天，保加利亚卡尔兹哈利城下了场6小时的黄雨，雨后，地面上落着一层薄薄的黄沙。

同是黄雨，来历不同。小兴安岭和恰乌斯基区的黄雨，都带着一种黄色的松树花粉，它们来自西伯利亚林海。卡尔兹哈利城的黄雨，是巨大的气旋把撒哈拉沙漠的尘沙带到保加利亚上空，随着雨水降落到地面的。

1903年2月21至23日，欧洲许多国家大约5万多平方千米的面积遭到红雨的袭击。1983年1月6日，云南红河南岸的绿春县，接连下了两场血红色的雨。这红雨，实际上

是大风将大量松散的红土卷上天空，和雨水混合在一起，降落地面。

还有黑雨、蓝雨呢！1962年夏天，马来西亚的茂盛港突然降落了一阵黑雨，大雨过后，那里河流中的水，都被弄黑了。原来，这是大风把马来西亚的黑土卷向天空，和雨水一起降落下来。

原来，这是大风把马来西亚的黑土卷向天空，和雨水一起降落下来。

1954年春天，美国下过一次蓝雨，这是那里的白杨和榆树粉末吹向天空，伴随雨水降落。1956年6月13日，乌克兰基辅下过一次"牛奶雨"，"奶"滴在衣服上留下了白色斑点，这是因为雨里有白垩和陶土的尘埃。

5 雪

雪是怎样形成的？

雪和雨一样，都是云滴凝结而成。当云中的温度在0℃以上时，云中没有冰晶，只有小水滴，这时只会下雨。如果云中和下面空气温度都低于0℃，小水滴就凝结成冰晶、雪花，下落地面。

雪花是一种美丽的结晶体，它们在飘落的过程中抱在一起，就形成雪片。单个的雪花又轻又小，但无论雪花怎样轻小，怎样奇妙万千，它的结晶都是有规律的六角形。

雪花的形状与它形成时的水汽条件有密切关系。如果云中水汽不太丰富，只有冰

jīng de miànshang dá dào bǎo hé jiù xíng chéng zhù zhuàng huò zhēnzhuàng xuě
晶的面上达到饱和，就形成柱状或针状雪

jīng rú guǒ shuǐ qì shāo duō bīng jīng biānshang yě dá dào bǎo hé
晶；如果水汽稍多，冰晶边上也达到饱和，

jiù xíng chéng piàn zhuàng xuě jīng rú guǒ yún zhōng shuǐ qì fēi cháng fēng fù
就形成片状雪晶；如果云中水汽非常丰富，

bīng jīng de miànshang biānshang jiǎo shang dōu dá dào bǎo hé tā de
冰晶的面上、边上、角上都达到饱和，它的

jiān jiǎo tū chū dé dào shuǐ qì zuì chōng fèn níng huá zēng zhǎng de zuì
尖角突出，得到水汽最充分，凝华增长得最

kuài yīn cǐ dà dōu xíng chéng xīng zhuàng huò zhī zhuàng xuě jīng
快，因此大都形成星状或枝状雪晶。

下雪也会打雷

打雷，是夏天常见的天气现象；下雪，多在冬天，这是两种截然不同的天气现象。但是，只要某时某地的天气形势，具备了既能下雪，又有打雷的条件，这两种截然不同的天气现象就能够在一天里同时出现。

冬天，当天空乌云密布，高空云中的气温在0℃以下时，云中的水汽就凝结成雪。雪花从云中落下来，人们在地面上所看到的究竟是雪还是雨呢？这就要看接近地面几百米以内的温度了。如果接近地面气温比较高，雪花降落时，就会在接近地面时重新融化，成为雨滴，这时我们看到的就是落雨。相反，如果接近地面气温比较低，雪花不能

融化，这时就下雪了。一般来说，地面气温在3℃或2℃以下时，就会出现下雪的现象。

雷雨，是由于暖湿空气向上抬升，当暖空气急剧上升，产生积雨云时，雷雨就很容易发生了。

我们再来看看在下雪打雷需要的条件吧！接近地面的冷空气，温度很低，到了傍晚以后，气温下降到0℃左右，这时具备了下雪的条件。当时在冷空气的上面，从南方吹来的很强盛的暖湿空气，正好同冷空气汇合，并沿着低层冷空气猛烈爬升，于是在将要下雪的层状云中发生了强烈的对流现象，形成了积雨云，所以产生了一面下雪、一面打雷的天气现象。

四季如春的昆明也会大雪纷飞

昆明是我国著名的旅游胜地，那里冬天温暖，夏天凉爽，气候温和。

可是，近十几年来却下了几场大雪。2000年1月20日，昆明下了一场鹅毛大雪，连降24小时。1983年12月27日，昆明也曾下了一场大雪，连下32小时，地面积雪最深达36厘米，比北京的最大雪（深24厘米）还深12厘米；最低气温达零下7℃。真算得上是道道地地的严寒天气了。

为什么四季如春的昆明也会有大雪纷飞的严寒天气呢？

昆明地处云贵高原，海拔大约两千米。在它的北方和西北方是更高更大的青藏高

原。冷空气从寒冷的高纬度南下时，受到青藏高原的阻挡，只能从高原的东侧过去，经黄河、长江，冲向华北，华东，然后绕行到云贵高原的东北坡。这时的冷空气经过这样长时间已经减弱很多。要它再爬上云贵高原，非常困难。它只爬到高原的半坡，大约在云南、贵州两省的交界处，就不再前进了。随着冷空气的到来，暖空气就被抬升到高空，造成贵州地区阴云密布、时阴时雨的天气，因而有"天无三日晴"的说法。而昆明的地势比贵州更高，一般冷空气爬不上来，常常是暖空气的天下。只有当冷空气的势力特别强大时，才有可能爬上高原，这时候，昆明的气温就会急速下降，甚至降至 0℃以下。如果这时候又恰好碰上孟加拉湾吹来暖温气流，冷暖空气在昆明上空相遇，就会造成大量的水汽凝结，飘下漫天的鹅毛大雪。当然，这样的机会是极少的。这正是昆明大雪纷飞只在个别年份才会发生的道理。

为什么下雪不冷融雪冷？

在冬季，我国各地经常受到寒潮的侵袭。寒潮本身就是从北向南流动的一股强烈的又冷又干的空气，当它的前缘和南方的暖湿空气一发生接触，因为冷空气比暖空气重，就会把暖湿空气抬升到高空去，使暖空气里的水汽迅速凝华成为冰晶，又逐渐增大成为雪花降落下来。

在寒潮来临前，一般是南方暖湿气流很活跃，因此，天气会有些转暖。而水汽凝华

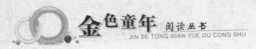
为雪花，也要放出一定热量，这就使下雪前及下雪时的天气并不很冷。

在寒潮中心过境后，云消雪止，天气马上变得晴朗起来，由于天空失去了云层的屏障，地面上就向外放散大量的热量，这时温度降得很低。加上积雪在阳光照射下，发生融化，融化时要吸收大量的热量。根据实验，1克0℃的冰，融解成0℃的水，要吸收334.4焦耳（80卡）的热量，所以大片积雪融化时，被吸收掉的热量是相当可观的。因此人们就觉得天气冷一些了。

雪为什么可以保护庄稼？

在我国民间，一直就有"瑞雪兆丰年"的说法，其意思是说，如果冬天里的降雪足够多，就会给冬小麦等盖上一层厚厚的"棉被"，到了第二年，农作物就会获得丰收。

雪是冰冷冰冷的，怎么还说是给农作物盖上了棉被？而且还能让农作物丰收呢？

其实，这其中的道理很简单，和我们冬天需要穿棉衣是一样的。棉衣本身并不产生热量，但我们为什么会觉得暖和呢？那是因为，棉衣把我们的身体和外部的冷空气隔离开了，依靠我们自身产生的热量，我们就感到暖和了。当厚厚的雪覆盖在农作物上面后，由于里面有不少空气，雪和庄稼隔离开来，也相当于给它们穿上了棉衣，盖上了棉被。其次，当春天到来的时候，融化的雪水不仅能滋润土地，还能冻死庄稼地里的害虫。

所以，雪能起到保护农作物的作用。

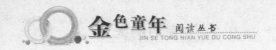

6 雾

雾是怎样形成的？

雾和云都是水汽凝结而成的，只是云的底部不接触地面，而雾却是接触地面的。因此，可以说雾就是地面上的云。夜晚，大地的温度使地表的水分蒸发，而空气的温度较低，水蒸气又遇冷凝结为细小的水珠，从而形成了雾。

根据水平能见度的不同，雾可分为重雾、浓雾、大雾、中雾和轻雾。重雾

雾和云都是水气凝结而成，只是云的底部不接触地面，而雾却是接触地面的。

的水平能见距离不到50米；浓雾的水平能见距离为50—200米之间；大雾的水平能见距离为200—500米之间；中雾能见距离为500—1000米之间，轻雾的能见距离在1000米以上。

盆地地形使水蒸气不容易流动，所以比较容易形成雾。

我国雾最多的地方要数四川的峨眉山了。1953—1970年间平均雾日多达323.4天，差不多天天有雾。

雾对航海、航空和农作物都有很大影响。如海上航行一旦遇上了浓雾，船只可能迷失方向。甚至发生触礁、搁浅、碰撞等事故；飞机遇上大雾天气就难以起飞或降落；农作物在一直多雾阴冷的天气里，产量和质量都会受到影响。

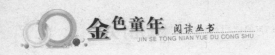
为什么从春到夏我国沿海海面的海雾特别多?

每年春夏季节，我国沿海海面，常常发生浓密的海雾。在海雾笼罩下，人们只能看到10米以内的地方。因此，航行在海雾中的海轮常发生对撞或触礁的惨剧。

雾是由悬浮在空中的许多小水滴组成的。这些小水滴，平时都混合在空气中。但在一定温度下空气所能容纳的水汽有一定限度。水汽达到这个限度时称为饱和，超过这个限度称为过饱和。当空气中水汽过饱和时，多余的水汽便凝结成小水滴。无数小水滴飘浮在空中，在天上就是云，在地上便是雾。

每年春夏季节，我国沿海海面，常被一股从北向南流动的冷海流所控制，而这时，又是暖空气越来越活跃的季节。来自南方广阔海洋的暖空气含有大量水汽，暖湿空气流经我国沿海的冷海流上空时，暖湿空气很快冷却，水汽达到饱和状态，大量多余的水汽便凝结成浓密的海雾。这样，沿海海面出现海雾的机会也就特别多。

秋冬早晨时常有雾

地面热量的散失，会使地面温度下降，同时会影响接近地面的空气，使空气的温度也降低下来。如果接近地面的空气是相当潮湿的，那么当它冷到一定的程度时，空气中一部分的水汽就会凝结出来，变成很

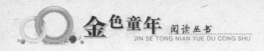

多小水滴，悬浮在接近地面的空气层里。如
果接近地面空气层里的小水滴多了，阻碍
了人们的视线时，就形成了雾。

我们常见的雾就是这样形成的。

白天温度一般比较高，空气中可容纳较
多的水汽。但是到了夜间，温度下降了，空
气中能容纳的水汽的能力减小了，因此，一
部分水汽会凝结成为雾。特别在秋冬季节，
由于夜长，而且天空中经常没有云，风很小，
地面散热比夏天更快，使地面温度很快下
降，这样就使得接近地面空气中的水汽，容
易在后半夜到早晨达到饱和，并凝结成小
水珠而形成雾。所以，秋冬的早晨常常有雾。

既然雾多半是在夜间无云风小的条件
下形成的，所以，当第二天白天太阳一出，
地面温度升高，空气中容纳水汽的能力增

大时，浓雾就会逐渐变薄，直至消散。所以有"十雾九晴"的说法。

以上是出现在秋冬早晨的辐射雾，其他原因形成的还有锋面雾、平流雾等，这里不多介绍了。

"十雾九晴"的说法是怎么来的呢？

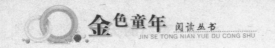

7 霜
shuāng

shuāng shì zěn yàng xíng chéng de

霜是怎样形成的？

shuāng shì cóng tiān shang jiàng xià lái de ma　　dì qiú shang bái tiān
霜是从天上降下来的吗？地球上白天

yīn wèi shòu zhe tài yáng guāng de zhào shè　　qì wēn zǒng shì bǐ jiào gāo
因为受着太阳光的照射，气温总是比较高

xiē　dà dì biǎo miàn de shuǐ fèn zài bú duàn zhēng fā　zhè yàng shǐ de
些，大地表面的水分在不断蒸发，这样使得

jiē jìn dì miàn de kōng qì zhōng　zǒng shì yǒu zhe yí dìng de shuǐ qì
接近地面的空气中，总是有着一定的水汽。

shēn qiū　dōng jì hé chū chūn de yè li　tiān qì fēi cháng hán lěng
深秋、冬季和初春的夜里，天气非常寒冷，

霜是从天上降下来的吗？

特别是没有云、没有风的夜晚，寒冷的空气积贮在地面附近，当它和冷到0℃以下一定程度的物体接触时，其中一部分的水汽就会附在物体上凝成冰晶，这就是霜。

在露天的各种物体，寒冷季节夜间凝霜的条件不同：铁器扩散热量后容易冷却，所以容易出现霜；木桥由于上下两侧可扩散热量。而且架在水面上，有充分的水汽供应，所以有"人迹板桥霜"的诗句；砖瓦中有空隙，各部分热绝缘性能好，一旦冷却，别处热量难以供应它，所以可在上面渐渐凝霜；在地面上，草叶两面可以扩散热量，叶片又薄，易于冷却，所以也可出现霜；耕过的松土表面，由于不易受地下热量的供应，所以比紧密的土壤表面易于生霜。它们凝霜的条件不同，所以出现霜的先后也是不同的。

有露水时一般是晴天

露水四季都有，只不过秋天特别多罢了。清晨，你只要留意田里的庄稼、路边的杂草和蜘蛛网上，会发现全是湿漉漉的露水，尤其是那蜘蛛网上挂着的露滴，像一串串闪亮的珍珠。

露水并不是从天上掉下来的，它们是由大气低层的水汽遇到冷的物体凝结而成的。在日常生活中，我们常遇到这样的现象：冬天时，当你向窗上的玻璃哈一口气，就会发现玻璃上有小水珠；夏天时，你如果把棒冰放到玻璃杯中，一会儿就见到在杯外产

shēng le yì céng xiǎo shuǐ zhū zhè dōu shì dà qì zhōng de shuǐ qì yù
生了一层小水珠。这都是大气中的水汽遇

dào jiào lěng de wù tǐ biǎo miàn hòu níng jié de jié guǒ
到较冷的物体表面后凝结的结果。

zài qíng lǎng wú yún de yè jiān dì miàn rè liàng sàn shī hěn
在晴朗无云的夜间,地面热量散失很

kuài tián yě shang de qì
快,田野上的气

wēn xùn sù xià jiàng
温迅速下降。

wēn dù yí jiàng dī kōng
温度一降低,空

qì hán shuǐ qì de néng
气含水汽的能

lì yě jiǎn xiǎo le dà
力也减小了,大

qì dī céng de shuǐ qì
气低层的水汽

jiù fēn fēn fù zài cǎo
就纷纷附在草

为什么有露水时,一般是晴好天气呢?

shang shù yè shang bìng níng chéng xì xiǎo de shuǐ zhū lù shuǐ jiù shì
上、树叶上,并凝成细小的水珠,露水就是

zhè yàng xíng chéng de
这样形成的。

wèi shén me yǒu lù shuǐ shí yì bān shì qíng hǎo tiān qì ne
为什么有露水时,一般是晴好天气呢?

zhè shì yīn wèi lù shuǐ de xíng chéng yǒu yí dìng de tiān qì tiáo jiàn
这是因为露水的形成有一定的天气条件,

nà jiù shì gāo qì yā kòng zhì fēng xiǎo tiān kōng qíng lǎng shǎo yún
那就是高气压控制,风小,天空晴朗少云,

dì miànshang de rè liàng sàn shī hěn kuài wēn dù xià jiàng dāng shuǐ qì
地面上的热量散失很快,温度下降,当水汽

遇到较冷的地面或物体时就会形成露水。

那么为什么天空有云或刮风的夜里就没有露水呢？

有云的夜间，地面上好像盖了一条大棉被，碰到云层后，一部分被折回大地，另一部分被云层所吸收，而被云层吸收的这部分热量，以后又会慢慢地放射到地面。所以，云层好像是暖房的顶盖，具有保温的功用。这样，夜间满天是云，接近地面的气温不容易下降，露水就难出现。

夜间有了风的吹动，能使上下空气交流，增加接近地面空气的温度，又能使水汽扩散，于是就很难形成露水了。

在农业上，露水对庄稼是很有好处的，因为露水像雨一样，能滋润土壤，起到帮助植物生长的作用。

灾害性天气

1 台风

台风的形成

每年夏季，我国东南沿海一带，经常受到台风的侵袭。它虽然可以带来雨水，但也会造成灾害。

台风发源于热带洋面，因为那里温度高，湿度大，又热又湿的空气大量上升到高空，凝结致雨，释放出大量热量，再次加热了洋面上的空气。洋面又蒸发出大量水汽，上

升到高空，温热空气以更大的规模迅速上升。这样往返循环，便渐渐形成了一个中心气压很低、四周较冷、空气向低气压区大量汇集的气旋中心。因为这种气旋发生在热带海洋上，所以又叫它为"热带气旋"。在一般情况下，热带气旋并不一定都能发展成为台风，只有当热带气旋继续不断得到更多高温高湿空气的补充，并在气旋的上空形成一个强有力的空气辐散区；使从低层上升到高空的暖湿空气不断向四周辐散出去，这时，热带气旋就可能发展成为台风。

台风是一个巨大的空气漩涡。它的直径从几百公里到一千多公里，高度一般都在9公里以上，个别的甚至伸展到27公里。台风中心有一个直径约为10公里的空心管状区，气象学上称为"台风眼区"。台风眼

nèi shèng xíng xià chén qì liú duō bàn shì fēng hé rì lì de hǎo tiān
内盛行下沉气流，多半是风和日丽的好天

qì cóng tái fēng yǎn xiàng wài sì zhōu jiù shì jù dà ér nóng hòu
气。从台风眼向外，四周就是巨大而浓厚

de yún qiáng zhè shì kuáng fēng bào yǔ zuì lì hai de dì fang
的云墙，这是狂风暴雨最厉害的地方。

特大台风灾

　　台风是最常见的自然灾害。据统计，全世界每年发生台风近万次，其中最严重的地区有三处：最主要的是我国东南沿海、日本和东南亚，这里几乎占了全世界台风的一半；二是孟加拉湾北部及沿海地区；三是加勒比海和美国东部沿海。以上两地发生的台风当地称气旋性风暴和飓风。

　　据世界气象组织报告，全世界每年两万至三万人死于台风灾害。

　　有记载以来最大的台风灾害要数1970年11月12日孟加拉湾北部那一次。当时台风到来时正值涨潮，恒河河口浪高达8~10米，仅一两天时间孟加拉地区就有50人丧生,100万人无家可归。这次台风成为当时东巴基斯坦内战的导火线,一年多后,东巴基斯坦正式成立了孟加拉人民共和国。

但是孟加拉人民共和国的气象灾害并没停止,1985年5月24日,强热带风暴在垣河口登陆,造成4万人死亡。

1991年4月29日,一个气旋性风暴以每小时240千米的速度从海面移动而来,风速高达65.3米/秒,孟加拉国南部13万人因此丧生。

孟加拉气旋性风暴对我国藏南、滇西均有很大的影响。

1918年9月30日台风入侵日本大阪市,仅东京市区就有600多人死亡。

1934年9月21日台风入侵日本大阪市,87所小学倒塌,410名小学生压死。

1954年9月下旬，日本一艘渡轮被台风吹翻，1254人遇难。

1937年9月2日台风袭击香港，死亡人数达1.1万人。（当时香港人口为80万人）

1956年浙江遭"8.1"级强台风袭击，死亡人数近5000人。

1994年8月21日台风在浙江瑞安登陆，死亡人数超过1000人。

关心台风警报

以目前的科学技术是无法阻止台风的，但是我们能以先进的科学技术来减轻它对我们造成的灾害，因此要关心台风警报，以便在台风到来之前做好一切应对措施。

气象台在台风到来之前发布台风消息、

táifēng jǐngbào hé táifēng jǐnjí jǐngbào
台风警报和台风紧急警报。

táifēng jǐnjí jǐngbào
台风紧急警报

shuōmíng wèilái xiǎoshí nèi qiáng rèdài fēngbào huò táifēng jiāng
说明未来24小时内(强)热带风暴或台风将

dēnglù huò kàojìn běn shěng
登陆或靠近本省

yánhǎi cǐshí gè yǒu
沿海。此时各有

guān bù mén yào zuò hǎo fáng
关部门要做好防

对我们个人来说要减少外出、关闭门窗、防止阳台坠物。

táikàng tái de zhǔnbèi gōng
台抗台的准备工

zuò duì wǒmen gè rén
作。对我们个人

lái shuō yào jiǎnshǎo wàichū
来说要减少外出、

fáng zhǐ gāo kōng zhuì wù
防止高空坠物、

guān bì ménchuāng fáng zhǐ
关闭门窗、防止

yáng tái zhuì wù
阳台坠物。

wǒ guó guòqù duì táifēng yìzhí cǎiyòng rèdài qì xuán biān
我国过去对台风一直采用热带气旋编

hào bànfǎ cóng nián yuè rì qǐ chú shǐyòng rèdài qì
号办法,从2000年1月1日起除使用热带气

xuán biānhào wài hái shǐyòng rèdài qì xuán míngzi rú nián
旋编号外还使用热带气旋名字;如2003年

hào táifēng mìngmíng wéi dùjuān biānhào wéi
13号台风命名为"杜鹃",编号为0313。

2 龙卷风

龙卷风是怎样形成的？

龙卷风是一种威力十分强大的旋风。虽然它的范围很小，一般只有二三百米，大的也不过两公里，但破坏力却很大。

龙卷风的风速快至每秒100多米，甚至超过每秒200米，比台风的速度还要快得多。它的样子很像一个巨大的漏斗或大象的鼻子，从乌云中伸向地面。它往往来得非常迅速而突然，还带有巨大的轰鸣声。

龙卷风内部的空气很少，压力很低，就像一只巨大的吸尘器，能把沿途的一切都吸到它的"漏斗"里。因此，龙卷风对人、畜、树木、房屋等生命财产均有很大的破坏力。龙卷风的内部气压很低，因此当它经过紧闭门窗的房屋附近时，能使房屋内外产生极大的气压差(内大外小)，从而使房屋的屋顶和四壁受到一个由里向外的巨大作用力。这种突然施加的内力会把屋顶掀掉，四面墙倒塌。所以，当龙卷风袭来时，最好打开门窗，使得房子内外的气压很快达到平衡。

龙卷风形成的原因，一般认为，在夏季对流运动特别强烈的雷雨云中，上下温差很大。当强烈上升气流到达高空时，如遇到很大的水平方向的风，就会迫使上升气流向下倒转，结果就会产生许多小涡旋。经过上下层空气进一步的激烈扰动，这些涡旋便会逐渐扩大，形成一个呈水平方向的空气

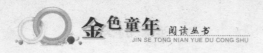

旋转柱。然后，这个空气旋转柱的一端渐渐

向下伸出云底呈漏斗状，这就是龙卷风。有

的龙卷风只有一个漏斗，有的有几个漏斗；

有的只有几秒钟，有的可长达几小时。

龙卷风可以发生在水面和陆地上。发

生在水面上的叫水龙卷，发生在陆地上的

叫陆龙卷。火山爆发和大火灾时，容易引

起巨大的陆龙卷。

可怕的龙卷风

龙卷风不仅范围小，它的寿命也很短；

一般只有几分钟，最长也不过几小时，但是

它的威力和破坏力十分惊人，风速一般达

到50—150米/秒，甚至达到300米/秒。它卷

起的小石子儿能像枪弹一样穿过玻璃，而

玻璃并不粉碎。它中心的低气压把接触到

的树木、人畜、建筑物卷起，给人类造成巨大的灾难。

美国每年有1000—2000次龙卷风发生。1974年4月3日中午到4日早晨，在芝加哥西南先后出现148次龙卷风，死亡315人。

1989年4月26日发生在孟加拉的一次龙卷风死亡人数达1000多人，是20世纪死亡人数最多的一次。

1979年美国共发生龙卷风824次。1980年最后一个星期和6月的第一个星期共发生龙卷风228次，因此美国有"龙卷风王国"之称。

我国大部分地区都会发生龙卷风。平均每年不到100次。

1956年9月，上海黄浦江边有8个工厂、一个仓库、4所学校遭龙卷风袭击，共死亡68人，失踪1人，受伤842人，倒塌房屋824间。

1986年7月上海东郊出现4次龙卷风，共死亡25人，毁坏房屋4800间。

目前减轻龙卷风给人类带来的灾害，主要是对其预防和进行监测。除肉眼直接观测外，还要用雷达发现跟踪。近年气象卫星的出现，结合雷达可在龙卷风发生前半小时发布警报，以便人们采取必要的措施。

3 雷暴和雷雨

雷暴的害和利

雷暴多出现在炎热夏天的午后。夏季越长的地方，雷暴天就越多。世界上雷暴天最多的地方，首推印度尼西亚的小城茂物。茂物位于南纬6°36′，离赤道很近，一年中有322天是雷暴天，打雷数千次，被称为"世界的雷都"。

我国南方的海南省、雷州半岛一带，雷暴天也很多。海南省的儋县，平均每年有130天雷声隆隆，是我国雷暴天最多的地方。即使在冬季，这一带也能听到阵阵雷声，"雷州"因此得名。

雷暴天气常常给人类带来巨大损失。雷电可以把高大的烟囱劈裂，使架空的电线短路，还会引起森林大火。站在旷野中或高大建筑物旁的人，有时也会遭到雷击。

雷暴天还常常引起冰雹、龙卷风等灾害。

雷暴危害很大，但也有一利。雷暴时，雷电使空气中的氮气和氧气生成一氧化氮，再经过一系列变化，落到地面后，便成了硝酸盐，而硝酸盐是极好的肥料。有人称雷电是"天然化肥厂中的工程师"。

雷雨随雷暴到来

雷雨是一种分布范围很广的天气现象。当积雨云强烈发生时，往往伴随着雷暴的到来。天空乌云翻滚，电闪雷鸣，有时还出现狂风骤雨。

雷暴分为热雷暴、地形性雷暴、锋面雷暴三种。热带和温带的夏季,太阳直射,低层大气受热膨胀上升,形成强烈的对流空气,产生热雷暴。山地地势复杂,容易产生空气对流,形成积云、积雨云,出现雷暴天气。北半球冬春季节,冷空气南下,同暖空气交锋,暖空气被强烈抬升,形成雷暴天气。

地球上的雷雨,平均每年发生1600多万次,每天约有5万次之多。雷雨活动最剧烈的地方是赤道带和热带。

奇怪的雷击事故

空中产生闪电的刹那间电流在一万安培以上,由此可见其破坏力之大。世界上

每天出现雷暴44000次，每年死于雷击事故的有3000多人，我国每年死亡人数也有数百人。

为了避免雷电的伤害，人类先后发明了避雷针、消雷器等防雷工具，同时也采用向积雨云撒化学物、发射火箭炮等方法抑制触发闪电。不过这些办法还是处于探索阶段，现阶段还是以防为主。

在野外遇到雷电时切莫站在地势较高孤立的山丘上，也不要到大树下躲避；可在地势较低处蹲下。在室内要关闭门窗，远离水管、电灯、电线，不要使用电话。下面介绍几起奇怪的雷击事故。

阿波罗登月船的厄运：1967年1月27日，美国阿波罗登月船安置在60米运载火箭顶端进行升空前的试验。由于这次试验不需点火，火箭中并没有装上燃料。中午时分发射场上空乌云密布，试验并未因此停止。

下午6时30分，一个小火花从宇航员脚下闪过，灌满氧气的船舱立刻燃起大火，4名宇航员被活活烧死。这次事故导致阿波罗登月计划推迟了近两年。

雷击引发火箭：1987年6月9日晚上7时，位于美国弗吉尼亚州瓦罗普斯岛发射场的5枚小型火箭即将升空。此时雷电突然降临，三枚火箭被击中自行点火升空然后坠毁，成为罕见的航天事故。

中国山东黄岛油库雷击爆炸事故：1989年8月12日，胶州湾中国天然气总公司胜利输油公司山东黄岛油库一期工程的5号罐突然爆炸起火，不久又将附近4号罐和1.2.3号金属罐引爆起火，罐中4万吨原煤燃起大

火。虽经全力抢救，大火仍燃烧了104个小时，直到16日18时被全部扑灭。

这次火灾14名消防队员和5名油库职工英勇牺牲，直接经济损失3540万元。

火灾是一种球状闪电雷击所造成的。尽管油库有性能良好的防雷设施，但对这种火球一样的球状闪电目前尚难以防护。

4 寒潮

什么叫寒潮?

寒潮是高纬地区的寒冷空气,在特定条件下向中低纬度入侵并给所经之地造成大范围的雨雪、大风降温天气的过程。

气象学的标准是:冷空气侵袭到某地以后,使那些地方的温度在1天内降低10℃以上,同时那一天的最低温度又在4℃以下时,我们才把这股冷空气叫做寒潮。此时陆地上有大面积5级以上大风,沿海地区有7级以上大风。

寒潮低温成灾

寒潮发源于北极地区，它南下的速度极快，同时伴随大风、暴雪、暴雷，因此寒潮可称得上是冬季和初春自然灾害的主角。

寒潮入侵我国的路线有西路、中路和东路三条；其中从蒙古高原经河套、跨长江直达华南的中路，对我国影响最大。

寒潮到来时的急剧降温损害人畜和农作物。

春秋季出现的霜冻对农作物危害极大，而暴风雪更是威胁着人们的生产和生活。

2008年1月10日起，我国20个省、区、市遭遇350年一遇的雨雪、冰冻、低温灾害，受灾人口超过一亿，因灾死亡失踪人口一百多人，农作物受灾面积1.78亿亩，直接经济损失1516.5亿元。

这次形成大范围的雨雪天气明显地和寒潮有关：来自南方的暖湿空气和北方的冷空气在长江中下游交汇形成强烈降水。高空大气环流的稳定使雨雪天气持续，最终酿成这次特大雪灾。

这次雪灾积雪覆盖面积达128.21万平方公里。安徽中部，苏南出现30—45厘米厚的积雪。

雪灾不仅是人员伤亡，还造成房屋倒塌、电力中断、交通受阻、物价上涨、供水中断等一系列后果。

政府对这次灾害采取了有效措施，使灾害的损失降到最小的程度，人民解放军参加这次抗冰救灾人数超过320万人次。

5 冰雹 bīng báo

什么是冰雹？

　　冰雹是从发展强盛的雹云中形成降落下来的，所以常常与雷暴雨同时出现。大小不等的冰块落到地面，大的如鸡蛋、核桃，小的像黄豆、米粒。有一年，我国甘肃省的平凉地区曾降过一次大冰雹，最大的一颗竟达近一公斤重。

　　冰雹是一种破坏性很大的灾害性天气。一场重雹灾常使大批作物、果树、蔬菜遭到毁灭性的打击，即将成熟的庄稼也会颗粒无收，有时还直接威胁着人民生命及财产安全。现在，虽然有了一些人工防雹、消雹方法，但还不能从根本上制服冰雹灾害。

冰雹多发生在夏季

一般夏季多雨，冬季下雪，然而，严寒的冬天有时会打雷，炎热的夏天有时却会下冰雹，这是为什么呢？

原来，夏天天气炎热，太阳把大地烤得滚烫，容易产生大量的近地面湿热空气。湿热空气快速上升，温度急骤下降有时甚至低到零下30℃。热空气中的水汽遇冷结成水滴，并很快冻结起来形成小冰珠。小冰珠在云层中上下翻滚，不断将周围的水滴黏附凝结成冰，变得越来越重，最后就从高空砸了下来，这就是冰雹。可见，冰雹只有在热湿气流强烈上升时才能产生。据估计，

qí qì liú shàng shēng sù dù bì xū chāo guò měi miǎo mǐ suǒ
其气流上升速度必须超过每秒 20 米。所

yǐ bīng báo duō zài xià jì chǎn shēng ér zài dōng jì jìn dì miàn
以,冰雹多在夏季产生。而在冬季,近地面

qì wēn hěn dī bù kě néng chǎn shēng qiáng dà de kuài sù shàng shēng qì
气温很低,不可能产生强大的快速上升气

liú suǒ yǐ yě jiù wú fǎ xíng chéng bīng báo le
流,所以也就无法形成冰雹了。

冰雹之最

1970 年发生在美国得克萨斯州科菲特维尔的一次冰雹中，最大的一枚直径达 44 厘米，这是有记录以来最大的一枚。

1928 年 7 月 6 日美国内布拉斯加州博达的一次冰雹，平地堆积 3—4.6 米，可以说是有史以来最大的一次冰雹。

我国最大的一次雹灾发生在 1972 年 4 月 15~20 日。北起东北三省，南到两广、东到东海黄海之滨，西到川、陕共有 14 个省、市，322 个县、市受灾。共毁房屋 50 多万间，死亡 336 人。其间 18 日和 19 日有近百的县、市降雹。

这次雹灾不仅是范围广而且冰雹大；最

大的直径有20多厘米。积雹厚达6—13厘米，最厚处达30厘米。降雹时间最长达一个多小时。

我国是个多雹国家。冰雹最多的地区为青藏高原和祁连山区。全国降雹最多的月份为2—10月。

一些地区常常发生雹灾的人民从实践中总结出不少关于预报的谚语。如："黄云到，冰雹掉"、"不怕云墨黑，就怕云里加红，更怕黄云底下加白虫"。这些都可以作为预报冰雹的参考。

如何进行人工消雹和防雹？目前是采用气象雷达跟踪测控，用火箭高炮撒播催化剂和爆炸的办法来阻止冰雹发展，以达到消除冰雹的目的。近年来在这方面已取得一定的效果。

奇异气象

1 为什么冰岛冬天并不冷？

我们都有这样的常识，纬度越高的地方就越冷，比如，南极和北极就是地球上最冷的两个地区。

冰岛位于欧洲的西北部，纬度在北纬60度以上；我国的东北地区，纬度在北纬45度以上。按照常规，冰岛应该比东北冷才对，可是，事实却恰恰相反，冰岛比东北要暖和许多，这是什么原因呢？

原来，这是大西洋的功劳。海洋是一个巨大的气候调节器，随时都在影响着其周

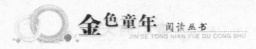

biān dì qū de qì hòu　　wǒ men zhī dào　　hǎi yángzhōng shì yǒu yáng
边 地 区 的 气 候。 我 们 知 道， 海 洋 中 是 有 洋

liú de　　dà xī yáng de hǎi shuǐ zài chì dào fù jìn xī shōu le dà
流 的， 大 西 洋 的 海 水 在 赤 道 附 近 吸 收 了 大

liàng de tài yáng néng hòu　　wēn dù kě yǐ dá dào　　duō shè shì dù
量 的 太 阳 能 后， 温 度 可 以 达 到 20 多 摄 氏 度。

dāng yáng liú bú duàn běi shàng　　dào dá bīng dǎo hòu　　hǎi shuǐ zài jiàng dī
当 洋 流 不 断 北 上， 到 达 冰 岛 后， 海 水 在 降 低

wēn dù de guò chéngzhōng huì shì fàng chū dà liàng de rè liàng　　cóng ér
温 度 的 过 程 中 会 释 放 出 大 量 的 热 量， 从 而

shǐ dāng dì de qì wēnshēng gāo　　dà hǎi jiù shì zhè yàng　　bú duàn
使 当 地 的 气 温 升 高。 大 海 就 是 这 样， 不 断

de xī shōu　　shì fàng rè liàng　　tiáo jié zhe hǎi yáng yán àn dì qū de
地 吸 收、 释 放 热 量， 调 节 着 海 洋 沿 岸 地 区 的

qì hòu
气 候。

2 南极为什么比北极冷？

南极和北极是地球上最冷的两个地方。但比较起来，南极比北极更冷些。

因为，南极是一个四面环海的冰原大陆，冰原上一年四季刮着强烈的风暴，厚厚的冰层常年不化，这里的最低气温能达到零下90℃。

而北极地区是四周被大陆包围的海，中间是北冰洋。

大西洋中还有一股温暖海流——北大西洋暖流，最后流入北冰洋，所以北极地区的气温没有南极地区那样寒冷，但是最低温度也可达零下60℃。

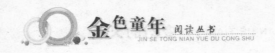
3 北半球的冷热变化比南半球大

在1年里头，太阳晒到地球北半球和南半球的热量差不多是相等的，不同的只是北半球的夏季比南半球的夏季所得的热量稍少些，北半球的冬季比南半球的冬季所得的热量稍多些。但是北半球和南半球的温度变化却有很大的差异，北半球变化大，南半球变化小。

按道理地面接收的热量相同或相近，反映在温度上也应该相同或相近，但实际上北半球1月和南半球7月，北半球7月和南半球1月，在温度上是很不相同的。这是什么原因呢？因为陆地和海洋的热容量、热量吸收、释放情况和热量传播的方式不同，所以1年中海洋上的冷热变化总是很小的，陆地上的冷热变化总是很大的。

北半球和南半球的面积是相等的，但两个半球上海陆分布却大不相同，北半球的陆地很大，南半球的陆地很小。由于南半球的海洋面积广大，在太阳辐射很强的夏季时，海水储藏了大量的热量，在太阳辐射很弱的冬季时，又把许多热量释放出来。这样就使得夏季不太热，冬季不太冷，一年中的冷热变化没有北半球大了。

④ 世界上最冷和最热的地方在哪里

你知道世界上最冷和最热的地方在哪里吗？世界上最冷的地方在南极洲，年平均气温在零下25℃以下，绝对最低气温达零下

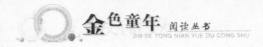

88.3℃，也曾出现过零下94.5℃的纪录。这是因为那里的纬度高，而且是一个冰封的大陆，同时又是世界上风暴最大的地区。此外，在有人居住的大陆上，最冷的地方可以算是苏联西伯利亚的维尔霍扬斯克和奥伊米亚康区了。

维尔霍扬斯克和奥伊米亚康地区全年平均气温在零下15℃左右，冬季3个月零下40℃以下。维尔霍扬斯克绝对最低温度是零下68℃（1982年），奥伊米亚康则达到零下78℃（1933年）。

维—奥地区之所以特别冷，是由纬度和地形决定的，这里地处高纬，北极圈横贯，温暖的海风根本吹不到，特别是这个地区的东面、西面、南面被契尔斯基山脉和维尔霍扬斯克山脉所包围，只有北面向北冰洋敞开大门，而这两个地方又都处在谷地中，所以南面的暖

^{kōng qì bèi dǎng zài mén wài}
空气被挡在门外，^{ér běi miàn lái de lěng kōng qì dào kě yǐ}而北面来的冷空气倒可以
^{cháng qū zhí rù}长驱直入，^{bìng zài gǔ dì zhōng tíng liú xià lái}并在谷地中停留下来。^{běn lái zhè lǐ}本来这里
^{yóu yú tài yáng fú shè shǎo}由于太阳辐射少，^{qì wēn yǐ jīng hěn dī}气温已经很低，^{zài jiā shàng lěng kōng}再加上冷空
^{qì pín fán}气频繁，^{zhēn shì xuě zhōng sòng bīng}真是雪中送"冰"，^{shǐ zhè lǐ gèng jiā hán lěng}使这里更加寒冷。

世界上最冷和最热的地方在哪里？

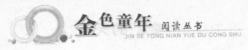
世界上最热的地方在非洲的埃塞俄比亚的马萨瓦。马萨瓦在红海边上，1月份平均温度在26℃左右，7月份平均温度为35℃，全年平均温度为30.2℃。几乎天天都是盛夏。

为什么会这么热呢？它虽然在海边上，但是红海是一个温度非常高的海，而且这里全年主要风向都是东北风，从炎热干燥的阿拉伯沙漠上吹来的信风横扫过去，又干又热就成了马萨瓦城的特点。

至于世界上绝对最高温度出现的地点，是在非洲的索马里。在那里阴影处曾测得的温度高达63℃。据说在非洲的撒哈拉沙漠中温度更高，鸡蛋放进去自己会烫熟，不过那是沙温而不是气温。

5 彩虹
cǎi hóng

彩虹是雨滴折射和反射太阳光形成的现象。太阳光是由各种颜色混合而成。雨后的空气中含有许多细小的雨滴，当太阳通过这些雨滴时，就会分解成各种颜色，这就是我们看到的七色彩虹。每个雨滴反射出的光谱有的呈红色，有的呈黄色。但色彩排列的次序永远一定，由外往内分别是：赤、橙、黄、绿、青、蓝、紫。

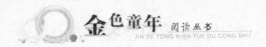

6 佛光 fó guāng

在多云多雾的山区，当前方布满浓云密雾，后方太阳普照时，人的位置又刚好在阳光、云雾之间，并和它们成一条直线的情况下，就能在云雾上看见自己的影子，影子四周有七彩光环围绕，这就是有名的"佛光"。

"佛光"也是太阳光发生折射、反射而形成的。我国峨嵋山的佛光闻名于世。

"佛光"也是太阳光发生折射、反射而形成的。

7 怪雨
guài yǔ

种子雨
zhǒng zi yǔ

1977年2月12日，在英国索斯安普敦城郊区下了一场种子雨。一个名叫罗兰德·穆迪的先生家的屋顶上、花园里铺满了厚厚的一层芥子种，收集起来足有4公斤多。第二天，那里又下了一场瓶塞、麦粒和菜豆雨。

豆雨和桃子雨
dòu yǔ hé táo zi yǔ

1971年年初、巴西的巴拉比州下了一场小豆雨。当地一些农业专家解释说，这是一场暴风把西非的一大堆豆子给刮到了天空，然后降到了这里。

123

1961 年 7 月 12 日，在美国路易斯安那州的邻维浦特降下了一大批未成熟的桃子。据史料记载，有些地方还下过柑子雨、树木雨，我国古时候还下过黄豆雨、绿豆雨、赤豆雨等。

麦子雨

1940 年，在欧洲西南伊比利亚半岛的西班牙海岸，突然乌云蔽日，从天空降下了大量的麦子。

原来那是由于强大的风把北非西属摩洛哥地面的一个装有麦子的大粮仓卷走了，飞过直布罗陀海峡，一直飘到西班牙海岸才降落。

谷子雨

我国东汉建武年间（公元55年），在陈留群（今河南省开封一带）降落过一场谷子雨，许许多多的谷子跟随着暴雨从天而降。

东汉杰出的唯物主义哲学家王充，科学地解释了谷雨中的谷子是因旋风从外地地面席卷而来的。

据传，我国陕西等地也都降过谷子雨。

我国东汉建武年间，在陈留群降落过一场谷雨，许许多多的谷子跟随着暴雨从天而降。

青蛙雨

1954年7月12日，在英国伯明翰城内萨吐纳·库尔达菲尔德地区下了一场青蛙雨，数以万计的青蛙犹如雪花一样，从天上铺天盖地地落了下来，在地上活蹦乱跳。这些青蛙很小，每只半厘米至一厘米长，颜色黄绿并带有小块黄斑点。1960年3月1日下午，在法国南部的土伦，突然从天空随雨降下无数只青蛙。事后才知道，这场青蛙雨是狂风把别处池塘中的水和青蛙一起卷入天空，飘散到土伦地区上空降落下来的。世界上最著名的一次青蛙雨，要算英国白金汉一座小山上的那一次了，估计有几百乃至几千只青蛙降落。

1830年9月1日，法国里昂城也降过青蛙雨。1985年，英国还下过一场蟾蜍雨。

鱼雨

在世界众多怪雨中，要数鱼雨为数最多。鱼雨在英国、美国和澳大利亚屡见不鲜。尤其是澳大利亚，鱼雨经常出现。

1974年2月，澳大利亚北部的一个村子里，降下了150多条河鲈似的银汉鱼。1949年8月，在新西兰沿岸地区下了一场鱼雨，成千上万尾鱼撒满一地，有鳕鱼、银枪鱼、黑鱼、鳗鱼、乌鱼等等。

据有关资料记载，1949年10月23日上午，美国路易斯安那州马克斯维下了一场鱼雨，生物学家巴伊科夫亲自收集了一大瓶制作标本。美国圣迭戈市也下过一场鱼

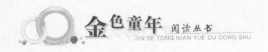

雨，有沙丁鱼和鳕鱼。

闪光雨

在众多怪雨中，要算"闪光雨"最为奇特。1892年，在西班牙的科尔多瓦城降了一场令人惊奇的"闪光雨"。那闪光的雨点从天空中落下，宛如千万条明亮的光线，划破了宁静漆黑的夜空，落在房屋上、行人的身上、地上，溅起耀眼的火花。

1968年5月30日晚上，德国格里夫堡城的居民亲眼目睹了一场火雨。在下火雨的几秒钟里，人们都觉得被火包围了，周围一点空气也没有，使人窒息得透不过气来，十分难受。

银币雨

1940年6月15日，前苏联的高尔基地区突然雷鸣电闪，狂风暴雨大作。在暴雨中人们发现了有数千枚银币从天而降。拾到者一看，那是中世纪时期的银币，上面用俄文表明是沙皇伊凡第五代的银币。据科学家、考古学家考查证实，原来这些银币是埋葬在古代贵族的一座坟墓里。由于暴雨猛烈地冲刷了坟墓上的泥土，致使墓中的银币都暴露了出来。接着，巨大的龙卷风把这些银币卷到了天空的云层里，在天空中飘行了数十里，待风力变小时，这些银币就随着暴雨纷纷落了下来，成为一场举世罕见的银币雨。

酸雨

1971年9月23日晚，十几个行人匆匆赶路，经过东京代代木车站附近时，天正下着蒙蒙细雨。真怪，这雨似乎跟平常的雨不同，飘进眼睛会感到刺痛，落到手臂上觉得好像被小虫"蜇"了一样。

这到底是怎么回事呢？

科学家忙碌起来了，他们又是采样化验，又是分析研究，终于发现，原来是这种雨水里含有某些刺激性物质，表现出明显的酸性，于是人们就把这种雨起名为"酸雨"。

燃烧煤炭、石油生成的二氧化硫和氮氧化合物，在酸雨形成的过程中扮演了主要的角色。它们进入大气后，在阳光、水汽、飘尘的作用下，发生一系列的化学反应，生成硫酸、硝酸或硫酸盐、硝酸盐的微滴，飘落在空中，以后遇到降雨降雪，随着一起落下，就成为酸雨或酸雪。

酸雨对湖泊和湖泊里的水生生物、土壤、农业生产、森林都有极大的危害；对古建筑来说是无形的"杀手"。甚至被称作"空中死神"。

8 我国长江沿岸的"三大火炉"

重庆、武汉、南京一向是我国著名的夏季炎热中心，向有长江流域"三大火炉"之称。每年到7月盛夏时节，烈日当空，四野里没有一点风，温度总在30℃以上，最热时重庆达44℃，武汉达42.2℃，南京达43℃。到了夜晚，炎暑仍然不消，不像上海，虽然白天很热，但晚上却有凉风消暑。

那么，究竟为什么这些地方那么热呢？造成重庆和武汉夏季特别热的主要原因是地质的影响。这两个地方都在长江流域的河谷盆地里，四周山地环抱，中间是不大的平原，地势相当闭塞。从海洋上吹来的东南风，由于来到这些盆地的路途上，遇到许多山地、丘陵阻拦，所含水蒸气有相当大的部分变成雨降下去了，到达盆地时，水蒸气已经不多，气流下沉不但不能凝结成雨，反而变得愈来愈干，温度也愈来愈高。盆地内云少天晴，日射特别强烈。

另外一个原因是盆地中风速很小，不利于透风，盆地内热气散发困难，更增加了暑威。

南京夏季特别热的原因，主要是由于盛夏7月梅雨期已过，天气晴朗，日照强烈，同时又长时间处在副热带高压楔（即太平洋高气压尖端）控制下，高空有下沉气流，加上地处长江河谷，周围有丘陵环绕，地面热量不易散失，因此气候炎热。

近年来由于城市大型化或其他种种原因，"火炉"的称号也在发生变化，有的城市夏季比原有的"三大火炉"更加炎热。

9 风、雨、旱"三极"

暴风最多的"风极"

我国暴风最多的地方是位于台湾海峡中的澎湖列岛,一年中有138天刮8级大风。这是由于海峡像一个风口,岛屿上很平坦,空气流动的阻力小,风变得更加频繁和强烈了。由于岛上长年吹刮大风,使土地变得很贫瘠,连树木也变得稀少了。

南极洲的风暴更多、更盛行,被称为"暴风王国"。

南极洲阿德尔地区的德尼森角。一年中有340天刮风暴,全年平均风速19.4米,相当于长年刮8级风。1912年5月,测得平均风速每秒27米，相当于这个月每天刮10级风。5月15日的日平均风速达每秒40.2米，相当于刮了一整天12级（风速每秒33米）以上的大风。它被称为"世界风极。"

1951年22日，在这里又测得日平均风速每秒45米，阵风每秒92.6米。

南极洲是个高原大陆，长年为高气压控制。强烈的冷空气向低气压流动，从陆地高处冲向海洋，这就是南极洲多暴风的主要原因。

强烈的冷空气压流动，从陆地高处冲向海洋，这就是南极洲多暴风的主要原因。

每年325天下雨的"雨极"

世界降水量的分布是不均匀的，有的地方雨特别多，甚至天天下雨。我国雅鲁藏布江河谷的巴劳卡，年平均降雨量4500毫米。台湾北部的火烧寮，1912年曾出现8408毫米的纪录，被称为中国的"雨极"。

世界绝对雨量最多的地方是印度东北部梅加拉亚邦的乞拉朋齐，年平均降水量11430毫米。1960年8月到1961年7月，出现26461.2毫米的最高纪录，成为世界的"雨极"。

夏威夷群岛考爱岛的威阿列勒山东北坡，被称为世界的"湿极"。1920—1927年平均年雨量11458毫米，每年下雨的日子约有325天。

为什么这两个地方多雨呢？原来，它们
都有高山屏障，从海洋吹来的季风或东风，被
高山阻挡，使饱含水汽的气流被迫上升，凝
结大量的地形雨。

有些地方年降水量不大，却常常下雨。
智利南部的巴希亚·菲利克斯，平均每年
有325天在下雨。1961年这一年，只有17天
没下过雨。它处在西风带内，长年从太平
洋带来大量水汽，受到地形的抬升，形成阴
雨天气。

四百多年没下过雨的"旱极"

世界上有些地方，终年无雨，而有些地
方却天天下雨。一个是"旱极"，一个却是
"雨极"。

我国塔里木盆地塔克拉玛干沙漠东南部的若羌，年降水量只有5毫米。这个地方四周高山环绕，离海洋很远，湿空气很难到达，是我国雨量最少的地方。

非洲撒哈拉大沙漠中部，一连几年都不下雨，阳光灼照，空气干燥，被称为沙漠中的"沙漠"。有时天空在下雨，可是落到半空就被蒸发掉了，成为"干雨"。

非洲的哈尔夫旱谷，曾一连八九年没下过雨。

南美洲的秘鲁和智利沿海一带，年平均降水量还不到3毫米，连年不雨也是常事。

智利阿塔卡马沙漠附近的一个城市伊基克，濒临太平洋，也有10多年没有下过雨。阿塔卡马沙漠是世界上最干旱的地

fāng　bèi chēng wéi shì jiè de hàn jí　　dào　　　nián wéi zhǐ
方，被称为世界的"旱极"。到 1971 年为止，

tā yǐ jīng yǒu sì bǎi duō nián méi xià guo yǔ le
它已经有四百多年没下过雨了。

10 人能"呼风唤雨"吗？

呼风唤雨是人类的幻想，这种情节只是在武侠小说中出现。但是在我国云南高黎贡山的原始森林里人人都能成为"呼风唤雨"的高手。

原来这里不少湖泊都四面环山，形成了独立的小气候，相互间的空气几乎不流通。由于阳光照射，湖水蒸发，悬浮在空中的水气越聚越多，以致达到饱和状态。如果在这种情况下有人喊叫，空气受到震动，就刮风下雨了。如果你有机会到那里去旅游，你不妨试一试你的"功夫"。

天气预报

气象台站是怎样预报天气的？

气象台的工作人员是通过地面观测、高空观测、海洋观测、雷达观测和气象卫星观测获得接近地面和高空的风向、风速、气压、温度、湿度等气象资料来预报天气。工作人员把在同一时间观测到的气象数据用电讯迅速传递到收报中心进行分析，并制成天气图。根据天气图上各种气象情况的发生、发展、减弱、消失等进行详细分析，再结合各地区当时的天气情况，运用天气变化规律和实践经验，就可以预测各地区将出现什么天气了。

卫星云图是预报天气的理想工具

不同的天气与不同的天气系统有关。不同的天气系统具有不同的云系特征，云的形态、结构、亮度均不相同。一幅卫星云图好像是某种天气系统的画像，根据卫星云图上各种云系的分布，就可以知道天气系统的分布了。知道了天气系统的分布，也就容易推测未来各地的天气情况了。

卫星云图是预报天气的理想工具。

用卫星云图来寻找台风是很理想的。由于海上气象站少,因而往往不能及时发现台风,或者不知道台风的确切位置,难以预报台风动向。现在有了气象卫星,可以从高空鸟瞰大地,不断拍摄照片儿。由于台风云系具有螺旋带向中心旋转的特征,因此,一旦发现卫星云图上有这种云系出现,就可以知道那里有台风。而且,台风开始形成时就会在卫星云图上反应出来。

气象卫星云图在监视强对流风暴方面也有高超的本领,有了气象卫星云图,小范围的强对流风暴的预报工作就更可靠了。

气象卫星照片儿提供了大量的信息,使人们获得了许多新认识。这些理论的发展,可以进一步提高天气预报的时效和质量。

tiān qì yàn yǔ
天气谚语

天气谚语是民间流传的有关天气变化经验的固定语句。它们是在人类与大自然作斗争的长期实践中积累形成的，多以简练通俗的歌谣或韵文形式流传于民间。

不过，天气谚语往往具有地区和季节的局限性，所以对

天气谚语必须结合理论和实践进行分析和验证，要因地制宜地正确运用。

1 几则天气谚语的解析

朝霞不出门，晚霞行千里

朝霞和晚霞，是由于日出或日落时，阳光照在含有很多小水滴的云层上产生散射形成的。朝霞和晚霞能预示天气的变化。一般情况下，朝霞预示着白天将要下雨；晚霞则表明第二天是晴天。所以有"朝霞不出门，晚霞行千里"的谚语。

这是什么道理呢？

早晨出现朝霞，说明西面有降雨云层，而中纬度地区大气一般是有规律地自西向东运动，所以西面的降雨云层就会慢慢东移，雨水容易下到我们这个地方来。当傍

晚出现晚霞时，说明东面有降雨云层，但随着西风的吹刮，东方的坏天气就会慢慢东移，第二天就会是个晴天。

"朝霞不出门，晚霞行千里"只是一般的规律，有时也会有例外的情况。例如，当太阳已没入地平线下，地平线上霞光应当消失的时候，由于地平线下有云层存在，地平线下的霞光受云层底部的反射，呈现出一片胭脂的红色，空气中杂质愈多时，太阳的颜色愈接近于胭脂红。有这种现象时，表明西方地平线下有云层存在，空气十分潮湿浑浊，预兆天气将变坏。按照温带的气流一般自西向东移动的规律，未来本地的天气可能转坏，因此又有"日没胭脂红，无雨也有风"的说法，这就是"彩霞满天兆晴雨"。

日落云里走，雨在半夜后

傍晚在西边的天空出现了一整片、一整片的云层，并且愈来愈多，几乎把整个地平线都遮盖住了，太阳下山时，又是朝着云里走。今夜很可能要下雨。

当傍晚有暖锋云系从西边地平线下移过来时，就会出现"日落云里走"的现象。暖锋云系可能会带来层云等能下雨的云。因此，"日落云里走"就预兆着将要下雨了。

另外，傍晚时西方地平线附近的积状云在地方性热力作用下会发展起来，使云头向地平线上扩张，也能造成"日落云里走"的现象。当这种云发展成积雨云，同时随着西来气流移向本地时，也能使本地夜间

下雨。

但是，有时候在地方性势力作用下发展起来的积雨云，不一定移向本地，因此，是否一定"雨在半夜后"，还要看具体情况。

然而，也有这种情况：虽然看到了"日落云里走"的现象，而当云层升高后，云底部和地面脱空了。这样，日落时虽也可以一度入云，这就不是雨天的预兆。只有大片大片乌黑的云，并且与地平线连在一起，才表示天气要降雨了。

因此，应用这句农谚预测天气时，必须看清楚云的样子。

雾不散就有雨

雾一般都是晚上生成，清晨以后渐渐消失。但有的时候，白天并未消散，反而会下起雨来。

为什么雾不散就有可能下雨呢？

白天不散的雾，大多是与锋面过境有关的。在暖锋未过境前，往往出现锋前雾。在这种雾的上空，有着浓厚的雨云，雨云底下降的雨，在云底以下蒸发，并在近地面处又凝结，这是锋前雾形成的原因。这种雾的顶上既然有深厚的雨云，太阳光无法大量地透进来，而产生雾的条件又继续存在，这样的雾当然不会散。不久，由于云底以下水汽充沛，雨滴不能在云底下的空间蒸发，而直接落下来，这时就下雨了。

在暖锋过境时，如果有冷暖混合的空气出现，可以造成锋际雾。在暖锋过后的暖区中，由于暖湿空气流经冷地面，又会产生暖区雾，有风时可形成下毛毛雨的层云。或

zhě zài nuǎn qū wù hòu chū xiàn lěng fēng de qiáng liè jiàng shuǐ yě huì
者 在 暖 区 雾 后 出 现 冷 锋 的 强 烈 降 水 , 也 会

chū xiàn wù bú sàn jiù yǒu yǔ de xiàn xiàng yě jiù shì shuō zhè
出 现 "雾 不 散 就 有 雨" 的 现 象 。 也 就 是 说 这

zhǒng wù hé píng shí qiū dōng zǎo chen chū xiàn de wù chéng yīn bù tóng
种 雾 和 平 时 秋 冬 早 晨 出 现 的 雾 成 因 不 同 。

寒潮过后天转晴，一转西风有霜成

冬天，在我国东南部刮的西北风，一般来自我国的北部、俄罗斯的西伯利亚和蒙古人民共和国等地区，那些地方在冬季是非常寒冷的。主要是冬季这些地区的地面覆盖着冰雪，以致白天接受的太阳光热比较少，而晚上向空中散发的热量却比白天吸收的热量要多得多，这种长期热量收入少、支出多的不平衡现象，就使停留在这些地区的空气变得很冷。

在源地的冷空气由于特别冷，空中水汽含量较少，因而一旦温度升高，就显得特别干燥。空气冷了，密度也会增大。密度大而重的空气在那里堆积多了，形成广大的

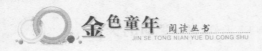
高气压带，并且常常向四方流散。如果这团冷空气流散的主力是由西北向东南流动，影响我国东南地区时，这就是我们所说的刮西北风了。

冷空气南下的来势往往很凶猛，它会将原来停留在我国东南部的潮湿空气挤走，并补充进来大量干燥而寒冷的空气。我们知道，成云致雨的主要角色是水汽，空气中水汽多了，就容易下雨；空气中水汽少了，天气就可能变晴。有这样一句谚语："寒潮过后天转晴，一转西风有霜成。"意思是指在冬季受寒潮侵袭时，一连刮几天西北风，天气就容易放晴，并预兆当晴天风小转为西风时，早晨将易有霜出现。

雷声大、雨滴小·和干打雷

在闷热的夏日忽然天边耸起了比山还高的雷雨云块，不一会儿雷声隆隆，响个不停。可是等了很久，雷雨云移过头顶，往往只掉下几滴小雨。真是"雷声大、雨滴小"，有经验的老农说："雷公先唱歌，有雨也不多。"还有些时候，只听到雷声响，连一滴小雨也没有，人们称它为"干打雷"。这种现象在大山附近的地方较为常见，雷雨云绕着山区转来转去，雷声频频作响，远远望去，还可看到雷雨云块底下灰白一片，下着大雨，可雨就是不过来。这到底是什么原因呢？"雷声大、雨滴小"和"干打雷"现象多发生在夏季热雷雨的情况下，是由地面在强

烈的太阳照射下增热不均产生局部对流形成的。它的范围不大，小的方圆不过10千米，大的也不过二三十千米。

打雷闪电和下雨都发生在雷雨云中，但它的影响范围远近不同。云的中部雨量最大，常常达到暴雨的强度，云的边缘地区雨滴稀疏，一出云外便无雨了。雷声的影响范围比雨大得多，可以超出云体范围，达到离开雷源50~70千米的地方。至于闪电，范围就更大了，最远可以超过100千米。这样，在雷雨云中心部位经过的地区，往往雷声大雨也大；因雷雨云边缘经过的地区，则出现"雷声大、雨滴小"的现象；而没有雷雨云经过，但又在雷声范围内的地方，那就出现只听雷声响、不见雨下来的"干打雷"了。

可见，"雷声大、雨滴小"是因为你所处

的位置在雷雨云的边缘地区。"干打雷"实际上也不是真正的"干",而是因为你所处位置不在它的下雨范围罢了。

一场春雨一场暖与一场秋雨一场寒

对于江南地区来说,春天的天气发展趋势一般总是"一场春雨一场暖"的。春雨正是南方暖湿空气增强,并且向北挺进所造成的。在春季,由于北半球太阳的照射逐渐增强,太平洋上的暖空气随着向西向北伸展。当暖空气向北挺进,并在北方冷空气边界上滑升时就产生了雨。在滑升过程中,它同时将冷空气向北排挤。排挤在暖空气到来以前,这些地方往往先要下一场春雨。"一场春雨一场暖"的感觉就因为这个缘故。人们总是感到，春天下过雨后，只要天气晴朗，一般总是暖洋洋的。

冬天过去了是春天，春天过去了是夏天；在上半年，天气总是向暖和的方向发展的。"一场春雨一场暖"也说明了天气的总趋向。

夏季结束，一进入秋季，气候改变很明显，这时天高云淡，风吹来比较凉爽，不像盛夏季节那样热呼呼的了。

在秋季，一股股的冷空气从西伯利亚和蒙古人民共和国南下进入我国大部分地区，当它和南方正在逐渐衰退的暖湿空气相遇后，就形成了雨。一次次冷空气南下，常常造成一次次的降雨，并使当地的温度一次次降低。

由于季节变化，几次冷空气南下后，当

地的温度就显得很低了。因此，农谚有"一场秋雨一场寒，十场秋雨要穿棉"的说法。这比较确切地描述了夏季过渡到冬季的天气变化趋势。

云掩中秋月，雪打上元灯

阴历八月十五和正月十五是我国传统的中秋节和上元节。人们总希望这两天晚上天气晴朗皓月当空。可是往往天不遂人愿。而且在许多地方，八月十五夜若乌云满天，往往正月十五日会雪花飘飘。人们发现，这两个节日的天气有着一定的关系，因此，"云掩中秋月，雪打上元灯"的天气谚语，就被广泛流传下来。

相距150天的两个节日天气间，为什么

会有相互关系呢？某种天气过程，某个时刻表现得比较明显，在一定条件下，经过一段时间之后，又重新明显起来，或因季节不同而以其他形式表现出来，就像乐曲里的节拍一样，表面上看不出它们之间直接的演变关系，实际上却是紧密地联系在一起的，这就叫大气的韵律活动。"云掩月"和"雪打灯"通常是与冷空气活动相联系的，也就是说，中秋节前后如果有冷空气活动，造成了"云掩月"的现象，那么，元宵节前后，又会有冷空气入侵，形成"雪打灯"。因此，"八月十五云遮月，正月十五雪打灯"这条谚语，正是入侵我国的冷空气存在 5 个月左右韵律活动的反映。

当然，大气的韵律活动是一个很复杂的问题，它的成因、条件、表现等等许多方面还没有搞得很清楚，这种规律性也不是在每个地方、每个年份都百分之百的准确的。现在，许多气象学家正对大气的韵律活动和它的本质问题进行深入的研究，这方面的研究成果，对于长期开展天气预报的工作，无疑是有很大好处的。

如果你有兴趣的话，也可以注意观察一下，你所在的地方各种天气过程，是不是也有类似"云掩中秋月""雪打上元灯"这样大气韵律活动的现象？

冷在三九，热在三伏

"三九"是指冬至以后第三个9天，约在1月12日到20日前后。"三伏"是指初伏、中伏和末伏，一般从夏至后第三个庚日算起。

冬至是一年中北半球白昼最短、黑夜最长的一天，所以这一天地面获得太阳光照最少。但冬至不是气温最低的一天，冬至过后，尽管太阳光照时间开始增加，但地面热量支出仍大于收入。所以，地面气温继续降低，到了地面吸收到的太阳辐射热量等于地面散发的热量时，天气才达到最冷的时候。这个时间大约在一月中下旬（三九），所以说"冷在三九"。由于同样原因，夏至这天是一年中我国大部分地区白昼最长、正午太阳高度最高、太阳辐射最强的一天。虽然夏至日以后，我国得到的太阳辐射开始减少，然而地面收入的热量仍大于支出热量，热量还在继续缓慢上升，到了7月下旬前后，大气的热量收入与支出处于相等状态，我国大部分地区气温即出现最高，所以有"热在三伏"之说。我国的二十四节气中三九正好在小寒和大寒之间，而三伏在小暑和大暑之间，说明我们祖先对寒暑的观察是多么正确。

风调雨顺

我国是著名的季风气候国家之一，夏季盛行东南风，冬季盛行西北风，春秋季分别属于从冬季风到夏季风和从夏季风到冬季风的过渡季节。正常的年景，5月，夏季风前哨到达南岭山脉，6月中旬到7月中旬迁回于长江中下游地区，7月底窜到华北、东北平原。如果夏季风按照这种正常的活动规律，一步一步地向前推进，它在一个地区逗留的时间不长也不短，这就是所谓的"风调"。

雨带的活动是和季风前哨息息相关的。夏季风前哨到达哪里，哪里雨季便开始。在农业上，此时此刻华南、长江中下游，华北、东北等地区大田里的作物正是需要雨水的时候，雨水源源而来，滋润作物生长，对农业生产自然有许多好处；而作物不太需要雨水的时候，季风的活动已过，雨水减少，阳光增加，这就是"雨顺"。

如果季风活动反常，在一个地区停留过久，或者一跃而过，那就是风不调、雨不顺了。如1954年6、7两月，夏季风前哨在长江中下游停顿了下来，与之相联的雨带，来来往往，徘徊于长江流域长达两个月之久，引起了一场大涝灾，使长江沿岸4755万亩农田被淹，1800万人受灾，1.3万人死亡。

1978年，夏季风前哨一跃而过长江中下游地区，出现了"空黄梅"，使"黄梅时节家家雨"变成了"梅子熟时日日晴"。那年是历史上严重的干旱年份，于是造成风不调——雨不顺——农业歉收——民不安业的景象。

由此可知，风调——雨顺——农业丰收——人民安居乐业是一条无形的锁链，它们紧紧地联系在一起，这就是风调才能雨顺的道理。

2 介绍几条常用的天气谚语

棉花云，雨快淋。

早怕东南黑，晚怕北云堆。

云行东，一阵风。云行西，雨凄凄。云行北，好晒谷。云行南，大水漂起船。

棉花云，雨快淋。

天上花花云，地上晒死人。

天上钩钩云，地上雨淋淋。

天上城堡云，地上雷雨淋。

乌云接日头，半夜雨不愁。

乌云脚底白，大雨就要来。

晚上起黑云，一定有雨淋。

久晴西风雨，久雨西风晴。

西风不过酉，过酉连夜吼。

165

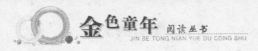

夏至西南没小桥。

半夜东风起，明日好天气。

雨后东风大，来日雨还下。

久雨冷风扫，天晴定可靠。

乌头风，白头雨。

日落胭脂红，无雨便是风。

日出太阳黄，午后风必狂。

东虹日头西虹雨。

星星眨眨眼，出门要带伞。

风大夜无露，天阴夜无霜。

先雷后刮风，有雨也不凶。

河里泛青苔，必有大雨来。

日枷风，月枷雨。

春寒多雨水，夏寒断滴流。

小暑一声雷，半个月黄梅倒转来。